Melisa Schwermer, geb. 1983 in Offenbach, hat Germanistik und Philosophie in Darmstadt studiert und sich nach ihrem Abschluss als Thrillerautorin einen Namen in der Buchbranche gemacht. Ihr Thriller "So bitter die Schuld" stürmte die Amazon-Charts und hielt sich wochenlang an der Spitze. Der Titel wurde außerdem für Kindle Storyteller Award 2016 nominiert. Seitdem hat die Reihe um den Ermittler Fabian Prior etliche Leserinnen und Leser begeistert. Melisa hat bisher über 250.000 Bücher verkauft.

Weitere lieferbare Titel:

So bitter die Schuld
So dunkel die Angst
So kalt der Zorn
So tödlich die Stille
So einsam der Tod
Gequälte Seelen
Aus dem Verborgenen
Abgewiesen
Der Tod uns scheidet

www.melisa-schwermer.de

Melisa Schwermer

Schattenblut

Hard-Sequences

Thriller

BLUTIG. SPANNEND. REALISTISCH.

HARD-SEQUENCES

Die neue Thrillerserie von den besten ihres Fachs.
Jedes Buch in sich abgeschlossen.

<u>Die Romane im Überblick:</u>

Daniela Arnold: Zornesblut (1)
Melisa Schwermer: Schattenblut (2)
Martin Krist: Höllenblut (3)
André Milewski: Feuerblut (4)

E-Mail: melisa.schwermer@gmail.com
www.melisa-schwermer.de
Lektorat: Simona Turini www.lektorat-turini.de
Korrektorat: Jasmin Krieger, Sandra Bethke
Covergestaltung: Designomicon | Anke Koopmann
Unter Verwendung eines Fotos von: Lario Tus / shutterstock
Druck: epubli, ein Service der Neopubli GmbH, Berlin

Sieh nur, da tanzen Schatten im Blut!
Sieh nur, sind die Schatten voll Blut?

Kapitel 1

Sie musste hier raus. Emily rieb sich fröstelnd die von Gänsehaut überzogenen Arme. Trotz der kühlen Temperaturen kam ihr die Luft in der Kirche stickig vor. Ihre Gedanken kreisten unablässig um die Ereignisse der vergangenen Woche. Heute war Julias großer Tag und ihrer Freundin zuliebe sollte sie versuchen, alles andere auszublenden, doch das wollte ihr einfach nicht gelingen.

Julia stand in ihrem hautengen Spitzenkleid vor dem Altar und tuschelte mit dem Pfarrer. Vermutlich versuchte sie gerade, ihm zu erklären, warum der Bräutigam bisher noch nicht aufgetaucht war, obwohl die Trauung bereits vor fünf Minuten hätte beginnen sollen.

Jetzt kam sie zurück und ging auf Sebastians Trauzeugen Chris zu, der neben Emily saß.

»Ist immer noch nicht da, hm?«, kommentierte er das Offensichtliche.

Emily sah sich in der Kirche um, ein mulmiges Gefühl beschlich sie. Stand da nicht jemand im Schatten der Säule in der Nähe der Tür und beobachtete sie? *Unsinn.* Ihre Nerven lagen blank und die Anspannung machte sie paranoid. Seit drei Nächten hatte sie so gut wie keinen Schlaf bekommen, da konnte man schon mal überempfindlich werden. Tränen traten ihr in die Augen. Sie tupfte sich über die Wange und setzte ein Lächeln auf. Die anderen Gäste sollten glauben, dass es die Hochzeit ihrer Freundin war, die ihr Tränen der Rührung in die Augen trieb. *Reiß dich verdammt noch mal zusammen.* Jetzt war nicht der Zeitpunkt, um sich mit ihren Problemen herumzuschlagen, die Trauung würde jeden Moment beginnen.

Die Tür der Kirche wurde aufgestoßen. Die Köpfe der Gäste wandten sich nach hinten, sicher nahmen alle an, dass nun endlich der Bräutigam auftauchte. Doch es war nicht Sebastian, der im Mittelgang erschien. Stattdessen kam irgendein Fremder herein. Er trug eine Lederjacke und über seine Stirn war ein riesiges Pflaster geklebt. Den hatte sie doch irgendwo schon mal gesehen. Dieses verschrammte Gesicht kam ihr bekannt vor, aber ihr wollte einfach nicht einfallen, woher. War er etwa derjenige ...

Flieg, flieg. Flieg, fahr aus der Haut. Ein Raunen ging durch die Reihen. Das Handy des Typen klingelte. Er holte es aus der Jackentasche, besaß aber nicht die Dreistigkeit, den Anruf entgegenzunehmen, sondern drückte ihn weg.

Emily stieß Chris mit dem Ellenbogen an. Der schaute gerade auf seine Smartwatch, wo ihm eine wackelnde und mit dem rechten Fuß wippende Micky Maus mit ausgestreckten Armen die Zeit anzeigte. »Kennst du den?«, flüsterte sie.

Chris drehte sich um, als müsste er ihn sich noch einmal genauer ansehen, bevor er die Frage beantworten konnte. Dann schüttelte er den Kopf. »Noch nie gesehen.«

»Hm. Sieht irgendwie nicht so aus, als würde der zur Hochzeit gehören, oder?«

»Hat sich vielleicht verlaufen. Ein Touri oder so.« Chris zuckte mit dem Achseln und widmete sich wieder seiner Smartwatch. Er wirkte angespannt. Wahrscheinlich fühlte er sich als Trauzeuge verantwortlich für Sebastian.

Emily kratzte sich etwas Nagellack vom Finger. Die ersten Klänge des *Mittsommernachtstraums* von Felix Mendelssohn Bartholdy setzten ein und die Gäste erhoben sich von den Bänken.

Emily atmete tief durch und schloss kurz die Augen. *Schluss jetzt mit diesen düsteren Gedanken,* sagte sie sich. Wenigstens für den Moment wollte sie einfach nur den Kopf ausschalten und sich auf die Trauung konzentrieren. Sie lächelte, straffte die Schultern und öffnete die Augen.

Eine Frau in der Bankreihe vor ihr, soweit sie wusste Sebastians Tante, schlug die Hände vor den Mund, ihr Mann stöhnte ein entsetztes »Oh mein Gott!«. Emily verstand nicht, was los war und schaute sich verwirrt um. Dann entdeckte sie es.

Durch den Mittelgang stapfte ihre Tochter Lea. Ihre Augen waren weit aufgerissen und das weiße Kleid, das sie ihr vor wenigen Tagen erst gemeinsam für diesen Anlass ausgesucht hatten, war tiefrot. Auch in ihrem Gesicht und ihren Haaren klebte die rote Farbe. Ihr kleiner Mund öffnete und schloss sich, ohne dass ein Ton zu hören war.

Emily drängte sich an den anderen Gästen vorbei und stürzte auf Lea zu. Um sie herum brach Tumult aus.

»Oh Gott!«, wiederholte der Mann aus der ersten Reihe, dieses Mal lauter und weitere Gäste stimmten mit ein.

»Das ist Blut«, rief jemand anderes.

»Einen Krankenwagen! Jemand muss einen Krankenwagen rufen!«

Emily fiel vor ihrer Tochter auf die Knie. »Was ist passiert, Schatz?«, fragte sie. Der metallische Geruch von Blut stieg ihr in die Nase. Hektisch tastete sie die kleinen Arme des Mädchens ab. »Bist du verletzt? Sag, tut dir was weh?«

Lea starrte sie nur aus aufgerissenen Augen an.

Die Gäste bildeten eine Traube um die beiden, während Emily ihre Tochter panisch auf Wunden absuchte. Weiter hinten in der Kirche rannte jemand durch den Gang, vermutlich, um Hilfe zu holen. Die Musik hatte längst aufgehört. In Emilys Kopf drehte sich alles und sie schnappte nach Luft. Ihre Finger flogen über Leas Beine auf der Suche nach einer Verletzung. Irgendwo musste das ganze Blut ja herkommen. Emily wurde schwindelig, das Atmen fiel ihr schwer. Was hatte er ihrer Tochter angetan?

Kapitel 2

Einige Tage zuvor

Die Vorhänge des Yogastudios werden zugezogen, während drinnen die Kursteilnehmerinnen ihre Matten ausbreiten. Die Stunde fängt gleich an und Emily ist noch nicht da. Das ist ungewöhnlich für sie, normalerweise ist sie sehr pünktlich. Das ist eine Sache, die ich an ihr mag: ihre Zuverlässigkeit. Pünktliche Menschen sind organisiert, planen ihren Tagesablauf, haben ihre Termine im Blick. Außerdem interessieren sie sich für die Belange anderer und scheren sich nicht nur um ihren eigenen Dreck. Zum Beispiel hat Emily Lea noch nie zu spät vom Kindergarten abgeholt und auch morgens bringt sie ihre Tochter immer zur selben Uhrzeit, obwohl sie viel im Homeoffice arbeitet, wo es keine so große Rolle spielt, wann sie anfängt. Vielleicht ist sie heute krank. Das wäre sehr schade, ich habe diesen kleinen Zwischenstopp extra eingelegt, um sie zu sehen. Fünf Minuten werde ich noch warten, es kann ja immer mal was passieren.

Exakt drei Minuten nach Beginn des Kurses taucht sie auf. Wie immer beim Yoga trägt sie Leggins, in der ihre Kurven wunderbar zu sehen sind. Es ist eine der wenigen Gelegenheiten, bei denen sie keinen Rock anhat und ich genieße den Anblick. Obenrum hat sie ein weites Shirt gewählt. Ich stelle mir immer vor, dass sie nichts drunter hat und der Stoff verrutscht, während sie ihre Verrenkungen macht. In Wirklichkeit trägt sie vermutlich wie sonst auch einen Sport-BH, aber die Gedanken sind frei, oder etwa nicht?

Sie betritt das Studio und schließt die Tür hinter sich. Ich warte einen Moment und beobachte eine Dohle, die sich auf einer Verkehrsinsel mit einer Bäckertüte abmüht. Dann stehe ich auf und schlendere über die Straße in Richtung Schaufenster.

Wie beiläufig bleibe ich stehen und schiele durch den Schlitz in den Vorhängen. Emily breitet gerade ihre Matte in der Nähe des Schaufensters aus, während die anderen bereits die ersten Verrenkungen machen. Ich werde nie verstehen, warum man freiwillig diese Turnübungen macht, bei denen man komplett bescheuert aussieht, anstatt sich richtigem Sport zu widmen. Vielleicht wird Emily mir das irgendwann mal erklären. Ihr zuliebe würde ich sogar mal ein paar Übungen ausprobieren. Allerdings zu Hause, wo mich keiner sieht, und nicht in einem Studio voller Frauen. Sie könnte nackt dabei sein und wir könnten uns in allen möglichen Positionen lieben.

Mittlerweile ist Emily bei den Verrenkungen eingestiegen. Gerade beugt sie sich mit durchgedrücktem Rücken tief nach unten, ihr runder Po wölbt sich nach hinten. Fasziniert beobachte ich das Spiel ihrer Muskeln, lasse den Blick zu den Oberschenkeln gleiten. Die Haut an ihren Armen hat eine karamellige Farbe, denn wenn das Wetter stimmt, nimmt sie oft ihren Laptop und arbeitet im Park oder einem Café. Sie ist so gelenkig. Ihr Haar hat sie nach hinten geworfen und blickt durch den Schleier einiger nach vorn gefallener Strähnen aufmerksam zu der Vorturnerin. In meinem Schoß breitet sich ein warmes Gefühl aus, als sie mit der Zungenspitze über ihre vollen, glänzenden Lippen fährt. Die Frauen drehen sich jetzt zur Seite. Emilys Shirt rutscht hoch und gibt die Sicht auf ihren Bauch frei, lässt den BH erahnen.

Schnell ziehe ich das Handy aus der Tasche und schieße ein paar Fotos, während meine andere Hand wie automatisch in meine Hose wandert. Ich will mir hier auf offener Straße gar keinen runterholen, aber etwas Spaß wird doch erlaubt sein. Emily rekelt sich wie eine Stripperin und ich drücke weiter auf den Auslöser. Auf dem Display sehe ich plötzlich, wie eine der Frauen genau in die Kamera schaut. Sie richtet sich auf, brüllt etwas mit verzerrtem Gesicht und zeigt auf mich. Meine Erektion fällt in sich zusammen und ich ziehe die Hand aus der Hose. Im nächsten Moment wird die Tür aufgestoßen.

Die Kursleiterin, eine blonde Amazone, stürmt heraus. »Was machen Sie da?«

Ich ziehe die Kappe tiefer in mein Gesicht und nehme die Beine in die Hand. Hinter mir höre ich wütende Stimmen, die mir alle möglichen Beschimpfungen hinterherrufen, doch da biege ich schon um die nächste Straßenecke und bin aus ihrem Sichtfeld verschwunden. Ich habe, weswegen ich gekommen bin: eine neue Fotoreihe von Emily. Ich kann es kaum erwarten, meine Galerie damit zu erweitern.

Kapitel 3

Nach dem Ende der Einheit schnatterten die anderen Frauen immer noch wild miteinander. Die ganze Aufregung konnte Emily nur schwer nachvollziehen. Ein Typ hatte vor dem Fenster gestanden und vermeintlich sogar Fotos davon geschossen, wie sie den Sonnengruß machten. Das war scheiße, darüber brauchte man nicht zu diskutieren. Was sie nicht verstand, war, warum man sich die gesamte Yogastunde darüber echauffieren musste. Der Typ war sofort verschwunden, nachdem eine der Frauen ihn entdeckt und wie am Spieß gebrüllt hatte, als hätte man ihr etwas abgeguckt.

Emilys Meinung nach hätte man den Vorfall da abhaken und sich auf die Übungen konzentrieren können. Sie war hauptsächlich hier, um sich zu entspannen, den Stress des Alltags zu vergessen und nebenbei etwas für ihren Rücken zu tun. Heute war sie nach der Stunde alles andere als entspannt, stattdessen war ihr Nacken steif und ein Ziehen in ihren Schläfen kündigte Kopfschmerzen an. Sie überlegte, ob es ihr Noch-Ehemann Thorsten gewesen sein könnte. Vielleicht hatte er Lea auf einem Spielplatz in der Nähe abgesetzt, um Emily nachzustellen. Seit ihrer Trennung verhielt er sich wie ein abgewiesener Teenager.

Seufzend rollte sie ihre Matte zusammen und stellte sie zu den anderen. Sie verabschiedete sich von der Kursleiterin, die auch Emily noch einmal versicherte, dass sie sich um ein paar zusätzliche Vorhänge und außerdem eine Milchglasfolie kümmern würde, damit sich ein derartiger Vorfall nicht wiederholte.

Anscheinend befürchtete sie, dass ihr nun reihenweise die Teilnehmerinnen davonliefen, obwohl sie im Endeffekt gar nichts dafürkonnte. Gut, sie hatte das Studio in einem ehemaligen Klamottenladen eingerichtet, der natürlich riesige Schaufenster hatte. Aber wer rechnete denn damit, dass sich irgendwelche Spanner davor einfanden, um durch Vorhangschlitze zu linsen und Fotos zu machen?

Emily trat nach draußen und nahm einen Schluck aus ihrer Wasserflasche. Ein Radfahrer schoss auf dem Gehweg entlang und hielt direkt auf sie zu. Als er sie bemerkte, klingelte er hektisch. »Oh Shit! Achtung!«

Kurz vor dem Zusammenstoß sprang Emily nach hinten, blieb an der Stufe zum Eingang des Studios hängen und stürzte, während der Radfahrer den Lenker herumriss und gegen ein parkendes Auto knallte.

»Verdammt, passen Sie doch auf!« Emilys Herz raste. Ihre Wasserflasche war ihr aus der Hand gefallen und an den Straßenrand gerollt. Sie rieb sich den Rücken an der Stelle, die sie sich beim Sturz an der Treppenkante gestoßen hatte.

»Oh Mann, sorry, ey. Das ist ein Fixie, das hat keine Bremsen.« Der Mann stieg umständlich ab und lehnte das Rad an das Schaufenster des Yogastudios. »Haben Sie sich wehgetan?«

Emily sah auf und zog die Augenbrauen zusammen. »Jannes?« Der Typ, der sie beinahe umgefahren hatte, war ihr Nachbar aus der Wohnung gegenüber. Wie immer war der Student – jedenfalls glaubte Emily, dass er studierte – perfekt gestylt.

»Oh, hey. Das ist ja ein Zufall. Was machst du hier?« Sein Blick fiel auf die Beschriftung der Scheibe.

Er lachte und schlug sich zum Spaß gegen die Stirn. »Ist ja wohl offensichtlich, hm?«

»Wenn dein Rad keine Bremsen hat, solltest du dich damit vom Bürgersteig fernhalten.« Emily hatte keine Lust auf Small Talk und funkelte ihn wütend an. »Was, wenn statt mir eine ältere Frau hier gestanden hätte?«

»Ja, Mama«, sagte er übertrieben geknickt, dann grinste er und bückte sich, um Emilys Trinkflasche aufzuheben. Er hielt sie ihr hin. »War nur Spaß, so alt bist du ja gar nicht. Aber im Ernst, es tut mir leid. Ich hoffe, dir ist nichts passiert.«

»Nein. Gerade noch mal gut gegangen.« Demonstrativ klopfte Emily ihren Körper ab. »Ich habe mich nur ziemlich erschreckt.«

»Das war aber auch knapp, mein lieber Mann. Kann ich dich zur Wiedergutmachung auf irgendwas einladen? Da vorn ist ein nettes, veganes Café ...«

Emily hob die Hand, um ihn zu unterbrechen. »Das ist nicht nötig, danke. Ich habe auch überhaupt keine Zeit. In einer Viertelstunde muss ich meine Tochter abholen und ich muss noch raus bis nach Wilhelmsruh.«

»Ist sie nicht in der Bötzow-Kita?«

Emily fragte sich, woher Jannes wusste, welchen Kindergarten Lea besuchte, und was es ihn anging, wo sie sich aufhielt. »Sie ist bei ihrem Vater«, antwortete sie ausweichend.

»Ach, stimmt ja. Ihr seid getrennt. Hatte ich völlig vergessen.«

So ein Unsinn, dachte Emily. Seit Thorsten ausgezogen war – oder eher, seit sie ihn rausgeworfen hatte –, fühlte sich Jannes wohl irgendwie auserkoren, als Seelentröster aufzutreten. Ständig lud er sie zu irgendwelchen Partys ein, versuchte sie zu einer Partie Volleyball im Park zu überreden oder hatte zufälligerweise Freikarten für Theaterabende oder Museen. Obwohl sie ihn bisher immer hatte abblitzen lassen, wurde er nicht müde, neue Versuche zu starten.

»Na ja, schade auf jeden Fall. Die Flasche ersetze ich dir aber.« Er deutete auf den Plastikverschluss, der abgebrochen war. Der Deckel lag wohl irgendwo am Randstein.

»Quatsch, das brauchst du nicht.« Emily sah schon kommen, dass er morgen mit einer Flasche vor ihrer Tür stand und erwartete, dass sie ihn auf einen Kaffee hereinbat.

Er hoffte er sich womöglich mehr, oder war er einfach nur nett? Emily schätzte, dass sie bestimmt zehn Jahre älter war als er. Da konnte nicht mehr dahinterstecken, oder etwa doch? Weshalb sollte er sich für eine Frau wie sie interessieren, die auch noch ein Kind hatte?

»Darauf bestehe ich. Schließlich bin ich schuld, dass sie in die Brüche gegangen ist.«

Emily seufzte und willigte ein. Es hatte keinen Zweck, weiter mit ihm zu diskutieren, dadurch verlor sie nur noch mehr Zeit.

»Dann werde ich mal zusehen, dass ich den Besitzer von dem Auto hier finde und zu Grabe kriechen«, sagte Jannes und deutete auf den Kratzer, den sein Rad im Lack hinterlassen hatte.

»Zu Kreuze kriechen«, verbesserte Emily ihn.

Jannes lachte und zwinkerte ihr zu. »Nicht nur schön, auch noch schlau.«

Sie setzte ein gequältes Lächeln auf, dann verabschiedete sie sich und ging zu ihrem Auto.

Auf dem Weg nach Wilhelmsruh breiteten sich Emilys Kopfschmerzen weiter aus. Alles, was sie sich jetzt wünschte, war ein gemütlicher Abend auf der Couch mit Ruhe und einem großen Pott Ingwertee oder auch goldener Milch. War es egoistisch, sich als Mutter eine Pause zu wünschen? Sie liebte ihre Tochter, keine Frage, aber manchmal war sie es leid, sich nach einem anstrengenden Tag noch eine gesunde Mahlzeit für Lea zu überlegen und mit ihr die immer gleichen Diskussionen über die Schlafenszeit zu führen. Sie konnte es kaum erwarten, bis Thorsten eine gescheite Wohnung gefunden hatte und Lea auch mal bei ihm übernachten konnte.

Als sie ihren Wagen in der Straße von Thorstens Übergangsbleibe parkte, hatte sie bereits zehn Minuten Verspätung. Er wartete mit Lea vor dem Haus. In der Hand hielt er einen Briefumschlag.

»Können wir kurz reden?«, fragte er ohne Begrüßung und wedelte mit dem Umschlag vor ihrem Gesicht herum. »Darüber?«

»Was ist das?«

»Nicht vor dem Kind.« Thorsten flüsterte, als könnte Lea ihn so nicht hören, obwohl sie genau neben ihm stand.

Emily schaute auf die Uhr. »Thorsten, es ist halb sieben. Ich muss Lea noch etwas zu essen machen und es ist schon fast Zeit fürs Bett.«

»Ich bin noch nicht müde«, kam es wie aus der Pistole geschossen von Lea.

Thorsten legte ihr die Hand auf die Schulter. »Geh doch schon mal zu Mamas Auto. Sie kommt gleich.« Er umarmte seine Tochter und gab ihr einen Klaps auf den Hintern, woraufhin sie schmollend loslief. Dann wandte er sich an sie. »Eine Trennungsvereinbarung? Bist du noch ganz bei Trost?«

Emily atmete scharf ein. Ihr Mund wurde mit einem Mal ganz trocken. Sie hatte nicht erwartet, dass ihr Anwalt die Dokumente rausschicken würde, ohne sie darüber zu informieren. Eigentlich hatte sie vorher selbst mit Thorsten reden wollen, um ihm den Sinn zu erklären. Bisher wusste er nicht mal, dass sie einen Anwalt aufgesucht hatte.

»Was kommt denn als Nächstes? Die Scheidungspapiere? Emily, die wollen da das Datum wissen, wann ich ausgezogen bin. Für das Trennungsjahr.«

Sie senkte den Blick. »Wir hätten das schon längst ausfüllen sollen«, sagte sie leise.

Thorsten warf die Hände in die Luft und lachte sarkastisch auf. »Und warum bitte schön? Sollten wir nicht vorher mal darüber reden, was eine Scheidung alles nach sich zieht? Bedeuten dir unsere gemeinsamen Jahre so wenig, dass du alles, ohne eine Sekunde darüber nachzudenken, wegwirfst?«

»Ich habe ausführlich darüber nachgedacht. Wer das weggeworfen hat, bist du.«

Thorsten schüttelte den Kopf. »Ich verstehe nicht, warum du zu einem Anwalt rennen musstest. Als könnten wir das, was da drinsteht, nicht unter uns regeln.«

»Wegen Lea.« Emilys Stimme war belegt. Sie räusperte sich. »Es geht hauptsächlich darum, wie wir das mit dem Umgangsrecht regeln. Außerdem haben wir gemeinsam einen Kredit abzubezahlen. Es muss ja nicht zwangsläufig auf eine Scheidung hinauslaufen.« Natürlich würde es das, denn sie konnte sich nicht vorstellen, dass sie jemals wieder mit ihm zusammen sein wollte. Nicht nach dem, was er getan hatte. Aber sie würde den Teufel tun, ihm das hier und jetzt auf die Nase zu binden.

»Bisher hat doch alles gut funktioniert.«

»Bisher. Wenn es aber irgendwann zum Streit kommt, ist es für uns beide besser, wenn wir etwas Schriftliches haben.«

»Wenn erst mal Anwälte im Spiel sind, wird es immer hässlich. Die wollen Geld verdienen, deshalb brauchen sie was zu tun. Schon mal darüber nachgedacht?«

»Das liegt doch ganz allein bei uns. Wie du sagtest, bisher haben wir es gut hinbekommen.« Ein lang gezogenes Hupen ertönte und ließ sie zusammenzucken. Ein Stück die Straße hinunter überholte ein Transporter gerade einen Radfahrer. Der Fahrer lehnte sich aus dem offenen Fenster und schimpfte vor sich hin. Emily konzentrierte sich wieder auf Thorsten. »Es wäre wirklich gut, wenn du die Vereinbarung unterschreiben könntest.«

Thorsten schüttelte mit wutverzerrtem Gesicht den Kopf. Er zerriss den Brief in vier Teile und warf ihn ihr vor die Füße. »Das kannst du vergessen. Zieh deinen Scheidungsmist doch allein durch. Ach, stimmt ja, das geht nicht so leicht. Tja, das ist wohl Pech für dich.« Damit drehte er sich um und ließ sie allein vor dem Haus stehen.

Emily schloss die Augen und massierte sich die Schläfen.

Die Kopfschmerzen pochten heftig hinter ihrer Stirn. Das war ja wirklich hervorragend gelaufen. Vielen Dank auch an ihren Anwalt, der sie nicht mal vorgewarnt hatte, dass er die Vereinbarung rausschicken würde.

Bisher war die Trennung friedlich verlaufen, wenn man von Thorstens Überredungsversuchen absah, ihm doch noch eine Chance zu geben. Jetzt war die Möglichkeit einer einvernehmlichen Scheidung wohl Geschichte, was bedeutete, dass sich der ganze Prozess bis zu drei Jahre hinziehen konnte. Ein krönender Abschluss eines beschissenen Tages. Sie konnte nur hoffen, dass Thorsten sich bald wieder beruhigte.

Kapitel 4

Frustriert löschte Emily den letzten Absatz. Gerade saß sie an einem O-Ton für eine Reportage über offene Gärten in Berlin und Umgebung. Nicht gerade ihr Lieblingsthema. Emily war zwar gern draußen, aber sie interessierte sich kein Stück für Pflanzen geschweige denn Gartenarbeit. Aber als freie Mitarbeiterin bei einem regionalen Fernsehsender konnte man sich selten aussuchen, über welche Themen man berichtete, zumindest nicht, wenn man Geld verdienen wollte.

Sie rieb sich über die Augen, die vom stundenlangen Starren auf den Monitor ihres Laptops tränten. Dann löschte sie auch den Rest des Textes, den sie sich in Schwerstarbeit aus den Fingern gesaugt hatte. Heute wollte es einfach nicht fließen, sie war wie blockiert und jeder Satz, den sie zu Papier brachte, wirkte gestelzt. Sie stand auf, um sich einen Kaffee zu holen und sich eine Pause zu gönnen.

Vermutlich lag es daran, dass sie noch immer wütend auf Thorsten war. Gestern war sie enttäuscht gewesen, dass er sich so gegen die Trennungsvereinbarung sperrte.

Im Laufe des Abends, nachdem Thorsten mal wieder seinen Telefonterror betrieben hatte, war die Enttäuschung der Wut gewichen. Das machte er schon, seit sie sich vor einigen Monaten getrennt hatten. Er rief an, sagte nichts, legte wieder auf. Manchmal ging das stundenlang so, bis Emily das Telefon aus der Dose zog. Natürlich behauptete er, dass er es nicht war, aber er versicherte ihr ja auch, dass das Foto, das ihn und seine Kollegin auf einer Geschäftsreise in eindeutiger Position zeigte, ein Fake war.

Es war einfach unfair. Er war derjenige, der ihre Ehe zerstört hatte, sie hatte ihn nicht aus Jux und Tollerei rausgeworfen. Da konnte sie doch wohl ein wenig Entgegenkommen von ihm erwarten. Es war nichts Weltbewegendes, eine solche Trennungsvereinbarung zu unterschreiben. Er musste einsehen, dass sie nicht bereit war, ihm eine zweite Chance zu geben und sie schon Lea zuliebe alles so korrekt und friedlich wie möglich regeln sollten.

Außerdem würde eine verbindliche Vereinbarung die Kosten für die Scheidung später niedrig halten, so hatte es ihr Anwalt erklärt.

Ja, es war blöd gelaufen, dass ihr Anwalt das Schreiben ohne Vorwarnung rausgeschickt hatte. Eigentlich hatte sie erst mit Thorsten reden wollen, ihm erklären, was der Sinn hinter so einer Vereinbarung war und warum es besser war, einen Anwalt zu involvieren. Eine Trennung nach so langer Zeit war immer unschön und es war sicherer, eine neutrale Partei hinzuzuziehen, die einen dabei beriet.

Wobei Emily zugeben musste, dass der Anwalt nicht wirklich neutral sein konnte, schließlich war sie diejenige, die ihn bezahlte.

Aber sie wollte überhaupt keinen Vorteil aus der Sache ziehen, im Gegenteil. Alles, was sie wollte, war, dass sich keiner von ihnen benachteiligt fühlte, sei es in Sachen Umgangsrecht für Lea, Nutzungsrecht für die Wohnung und den Hausrat oder Ableistung des gemeinsamen Kredits für die Einbauküche.

Emilys Handy klingelte. Sie ging ins Wohnzimmer

und schaute auf das Display. Unbekannte Nummer. Jetzt ging das schon wieder los.

Nach kurzem Zögern nahm sie den Anruf an. »Verdammte Scheiße, hör gefälligst damit auf. Das raubt mir noch den letzten Nerv«, zischte sie wütend in den Hörer. Gismo, ihr Kater, der es sich auf ihrem Stuhl bequem gemacht hatte, hob den Kopf und schaute sie missmutig an, als wolle er sie fragen, weshalb sie ihn geweckt hatte.

»Wow, das ist ja eine Begrüßung.« Es war ihre Freundin Julia. Sie lachte. »Was hat dir denn die Laune so verhagelt?«

»Ach, Mist. Tut mir leid. Warum zum Teufel rufst du anonym an? Ich dachte, es wäre schon wieder Thorsten.«

»Immer noch so schlimm, hm? Dabei wart ihr doch mal das perfekte Paar. Ich hoffe, mir und Sebastian geht es nicht irgendwann mal auch so. Was ist denn jetzt schon wieder los?«

»Vergiss es«, sagte Emily, weil sie ihre Freundin nicht damit belasten wollte. Vor wenigen Tagen hatte Julia ihren langjährigen Freund standesamtlich geheiratet und Ende der Woche stand ihre kirchliche Trauung an. Bestimmt war das Letzte, was sie momentan hören wollte, wie hässlich das Ende einer Ehe werden konnte. »Warum rufst du an?«

»Ich brauche deinen Rat, auch wenn du keine Trauzeugin bist. Aber die hat gerade keine Zeit. In meinen Brautstrauß, soll ich da Klematis oder Gladiolen nehmen? Rosen sind mir einfach zu spießig ...«

»Wow«, sagte Emily und pustete die Luft aus. »Da hast du den falschen Telefonjoker gewählt. Ich weiß weder wie die eine noch wie die andere Blume aussieht.«

»Okay, hab ich mir ehrlich gesagt schon gedacht. Ich hätte aber noch eine andere Frage. Könntest du dir vorstellen, für die Feier am Abend ein lustiges Spiel zu organisieren?«

Emily räusperte sich. Sie war überhaupt kein Fan von übertriebenen Hochzeitsfeiern, wie Julia eigentlich auch, aber die hatte sich irgendwie von ihrer Familie bequatschen lassen. Deshalb stand nun eine pompöse kirchliche Trauung inklusive anschließender Party in einer schicken Location an. Lea sollte sogar Blumenmädchen spielen, was Emilys Tochter seit Tagen in helle Aufregung versetzte. »Das kommt jetzt aber sehr spontan.«

»Ich weiß, es muss auch nichts Großartiges sein. Zehn Minuten oder so. Ich sag auch ganz lieb *bitte, bitte*.«

»Na gut«, gab Emily nach. Sie verfluchte sich dafür, dass sie einfach nicht Nein sagen konnte.

»Oh prima! Ich danke dir, du bist die Beste. Dann lass ich dich mal weitermachen. Wir quatschen die Tage.« Damit hatte sie auch schon aufgelegt.

Emily kippte den Rest ihres mittlerweile lauwarmen Kaffees runter und starrte den Bildschirm ihres Laptops an. Sollte sie sich noch mal ransetzen? Im Kopf legte sie sich erste Sätze zurecht, verwarf die Idee aber sofort wieder. Sie brauchte jetzt eine Pause, musste sich irgendwie ablenken. Ihr fiel ein, dass sie gestern auf dem Weg zum Yoga einen Korb Wäsche in den Keller gebracht und abends nicht mehr eingeräumt hatte.

Prokrastination auf dem Level eines Profis, dachte Emily tadelnd. Aber besser, sie versuchte es mit freiem Kopf, anstatt sich jetzt zu zwingen. Noch blieben ihr ein paar Tage Zeit bis zur Abgabe, und wenn man sich quälte, kam bei Texten meist nichts Gescheites heraus. Einer der Vorteile des Homeoffice war, dass man sich zumindest ablenken konnte, wenn man es nicht schaffte, sich auf die Arbeit zu konzentrieren. Gleichzeitig war das auch der größte Nachteil daran. Sie nahm ihren Schlüssel und machte sich auf den Weg nach unten.

Im Gemeinschaftswaschkeller traf Emily auf Sylvia Grandt, ihre Nachbarin aus dem Erdgeschoss. Die Rentnerin quälte sich gerade damit ab, ihre Bettwäsche von der Leine zu ziehen.

»Darf ich Ihnen behilflich sein?«, fragte Emily und ging der alten Dame, ohne eine Antwort abzuwarten, zur Hand. Dabei fiel ihr Blick auf ihren Wäschekorb, den sie gestern Nachmittag vor ihrer Maschine abgestellt hatte. Er war leer.

»Das gibt's ja nicht ...«

»Wie bitte?« Sylvia Grandt lugte hinter dem Bettbezug hervor. »Ich habe mein Hörgerät nicht drin.«

»Meine Wäsche«, sagte Emily und ließ das Betttuch los, sodass es auf den Boden fiel. »Sie war gestern noch in dem Korb und jetzt ist sie weg.«

Die Rentnerin legte die Stirn in Falten, während sie sich bückte, um das Betttuch aufzuheben. »Oh.«

Emily rief sich den vergangenen Nachmittag in Erinnerung. Vielleicht hatte sie die Sachen gestern doch schon in die Trommel geräumt. Sie bückte sich, um in ihre Maschine zu sehen. Auch die war leer. »Ich fasse es nicht.« Verwundert schaute sie sich im restlichen

Waschkeller um, konnte jedoch ihre Kleidung nirgends entdecken. »Jemand muss sie geklaut haben.«

»Das kommt davon, dass ständig die Haustür offen steht. Ich sag es immer wieder, dass mir das nicht passt.« Sylvia Grandt stemmte mit einem empörten Gesichtsausdruck die Hände in die Hüften. »Hier kann ja jeder ein- und ausspazieren, wie es ihm gefällt. Lassen Sie lieber nichts offen rumstehen, was Ihnen etwas wert ist.«

Emily hörte nur mit halbem Ohr zu. Sie überlegte, welche Kleidungsstücke sie runtergebracht hatte. Eine schmutzige Hose von Lea war dabei gewesen, außerdem zwei Röcke von ihr, Shirts und – bei dem Gedanken wurde ihr übel – Unterwäsche. Irgendjemand hatte ihre getragene Unterwäsche mitgehen lassen.

Kapitel 5

Der Schweiß läuft mir den Rücken runter, mein T-Shirt klebt an meiner Haut. Trotz der Anstrengung bei der Hitze bin ich zufrieden. Die ersten Hürden sind überwunden und es ist an der Zeit, die nächsten Schritte einzuleiten.

Hürden genommen? Dass ich nicht lache. Du hattest einfach nur Glück, und wie sagt man so schön? Das Glück ist mit den Dummen ...

Natürlich muss Mutter sich einmischen. Sie kann nicht akzeptieren, dass ich aus eigener Kraft etwas erreiche. Eigentlich widerstrebt es mir, sie so zu nennen, aber ein besseres Wort fällt mir für sie nicht ein. Unliebsame oder im Leben ihrer Kinder abwesende Väter nennt man *Erzeuger* – so wie *Mutter* auch meinen Vater immer nannte – doch für eine Mutter passt das meiner Meinung nach nicht. Austrägerin? Erziehungsberechtigte? Beides nicht emotional genug. Geburtsmaschine? Passt auch nicht, immerhin bin ich ein Einzelkind. Ich könnte sie einfach bei ihrem Vornamen nennen, doch das würde das Verwandtschaftsverhältnis zwischen uns nicht ausdrücken.

Wie auch immer, Glück hat damit nichts zu tun. Ich gebe zu, dass der Zufall mir hier und da geholfen hat. Dennoch ist es mein Verdienst, was ich bisher erreicht habe. Ohne meine Initiative wäre ich nie so weit gekommen.

Ich nehme die letzte Gipskartonplatte aus dem Auto und trage sie zu Mutters Haus. Es ist mehr Zeug zusammengekommen als erwartet, dabei habe ich noch nicht mal alles auf meiner Liste besorgt. Meine Hände und Arme jucken höllisch und ich muss mich die ganze Zeit räuspern. Jetzt bereue ich, dass ich nicht auf den Tipp des Baumarktverkäufers gehört und mir Handschuhe und einen Mundschutz angezogen habe, um die Dämmmatten aus Mineralwolle reinzutragen. Wenn ich sie verbaue, muss ich unbedingt darauf achten, mir etwas Langärmliges anzuziehen.

Ich frage mich, wie du das hinbekommen willst mit deinen zwei linken Händen. Eine Wand stellt sich nicht mal eben von alleine auf.

Ich will auch keine Wand bauen, sondern ein Fenster verschwinden lassen. Was muss ich dafür schon können? Maß nehmen, ein bisschen sägen, bohren ... Das ist kein Hexenwerk. Es gibt YouTube-Videos für alles. Wenn ich wollte, könnte ich mithilfe des Internets ein komplettes Haus bauen.

Wenn du mit diesem Ehrgeiz doch nur dein Studium angegangen wärst ...

Mein Studium hat mir keinen Anreiz geboten, mir den Hintern aufzureißen. Das sieht jetzt ganz anders aus. Für Emily würde ich *alles* tun.

Nachdem ich alles in mein ehemaliges Kinderzimmer geschleppt habe, nehme ich mir die Fotos vor. Auf dem Weg zu Mutters Haus habe ich noch an einer Drogerie gehalten, die neuesten Schnappschüsse ausgedruckt und ein paar Rahmen gekauft, die ich nun bestücke.

Es fällt mir nicht leicht, eines der Fotos von der Yogastunde auszuwählen. Auf dem einen schaut Emily nicht in die Kamera, dafür ist ihr Hintern wunderbar zu sehen. Auf dem anderen hat sie sich dem Schaufenster zugewandt, sich dafür aber so gedreht, dass man die runden Pobacken nur erahnen kann. Letztlich entscheide ich mich für beide und lasse dafür einen der ausgedruckten Instaposts weg. So ein selbstgeschossenes Bild hat einen ganz anderen Wert als irgendwelche heruntergeladenen Fotos.

Bevor ich die beiden Abzüge zu den anderen hänge, schaue ich sie mir noch einmal ganz genau an. Ob sie auf dem Foto eines der Höschen trägt, die ich heute Morgen aus dem Keller habe mitgehen lassen? Das schönste davon habe ich mir in die Hosentasche gesteckt. Ich ziehe es hervor und schnuppere daran. Es riecht ganz dezent nach Schweiß, nach Bodylotion und danach, wie eine Frau untenrum eben riecht. Mit geschlossenen Augen lehne ich mich auf dem Stuhl zurück und lasse meiner Fantasie freien Lauf.

Emily ist im Wohnzimmer. Überall sind Kerzen aufgestellt, die den Raum in ein warmes Licht tauchen. Auf dem Tisch steht eine Flasche Wein, dazu zwei Gläser. Im Hintergrund läuft irgendein langsames Lied. Ich atme noch einmal den Duft ihrer Intimität ein, reibe mein Gesicht daran. Jetzt sehe ich sie vor mir. Emily hat sich auf dem Teppich positioniert, steht breitbeinig vor mir. Sie trägt eine Art Stringtanga, nur dass der untenrum komplett offen ist. Mein Blut schießt in Richtung Schwanz, der sofort anschwillt. Hektisch nestele ich am Knopf der Jeans, öffne den Reißverschluss. In einer Pose, die der Yogaübung von gestern gleicht, reckt sie ihren Po in die Höhe, bis ihr Kinn fast den Boden berührt.

»Oh, Emily«, stöhne ich und erschrecke vor meiner eigenen Stimme.

»Da bist du ja endlich«, sagt sie leise, genau so, wie ich es mag. Ich liebe es, wenn sie leise sprechen. Wenn ich mir Pornos ansehe, drehe ich meistens die Lautstärke runter, weil die Darstellerinnen zu laut und schrill schreien.

Emily kommt mit laszivem Blick auf mich zu. »Mach's mir«, fordert sie mich auf und beugt sich wieder nach unten, sodass ihr Hintern direkt vor meinem Gesicht schwebt. Ich hebe die Hand, um sie zu berühren, während die andere meinen Schwanz massiert. Kurz vor dem Finale beiße ich die Zähne zusammen. Nur noch einen Ton von ihr, eine Bewegung.

»Los, fick mich!«

Ich halte inne. Das hat sie nicht gesagt. So redet meine Emily nicht.

»Hast du nicht gehört? Besorg es mir richtig.« Sie klatscht sich obszön auf die Pobacke.

»Hör auf damit«, keuche ich. »Das hier ist kein Porno.«

Emily dreht sich um und lächelt mich an. »Was denn sonst?«

Meine Hand lässt meinen Penis los und umgreift ihren Hals. Ihr Mund springt auf und ihre Zungenspitze tritt hervor. »Ja, ich mag es, wenn es wehtut.«

»Nein! Das darfst du nicht!« Ich drücke fester zu. Emily röchelt, sie windet sich und stöhnt.

»Mehr. Gib mir mehr.«

»Sei still! Einfach nur ruhig sein.« Ich drücke fester zu, während mein Unterleib von einem unglaublichen Orgasmus durchgeschüttelt wird. Mein Hals schmerzt. Ich habe geschrien.

Ich öffne die Augen und bin allein in der Küche. Es

brennen keine Kerzen, kein Wein steht auf dem Tisch. Emilys Höschen liegt über meinem Gesicht. Meine Hände und mein Bauch sind mit Sperma verklebt. Ich nehme den Slip von mir und lasse ihn in meiner Hosentasche verschwinden. Für einen Moment ist mir übel.

Kapitel 6

»Du willst mir doch nicht im Ernst erzählen, dass du denkst, ich wäre das gewesen.« Thorsten sprach gedämpft. Anscheinend hatte sie ihn im Büro erwischt. Wo sollte er um diese Uhrzeit auch sonst sein?

Bei seiner neuen Flamme, dachte Emily bitter.

»Ich weiß es nicht.«

»Das ist doch völlig bescheuert.« Thorsten lachte verächtlich. »Hältst du mich für einen Perversen, der sich auf deine Klamotten einen runterholt?«

Diese Frage wollte Emily nicht beantworten, also schwieg sie. Sie konnte nur verlieren. Verneinte sie, gab sie zu, dass ihr Anruf keinen Sinn ergab, bejahte sie hingegen ...

»Schon verstanden«, sagte Thorsten verbittert. »Eigentlich solltest du mich besser kennen. Davon abgesehen, wenn ich Spaß mit mir selbst haben will, brauche ich nicht deine Sachen. Dann schließe ich einfach meine Augen und bediene mich bei meinen Erinnerungen.«

Emily spürte, wie sie rot wurde.

Über so etwas wollte sie überhaupt nicht nachdenken. »Fakt ist, dass meine Schmutzwäsche aus dem Keller verschwunden ist.« Gismo schmiegte sich an ihren Oberschenkel und sie streichelte die schwarzweiße Katze zwischen den Ohren. »Zufälligerweise genau dann, als du Post von meinem Anwalt bekommen hast und einsehen musstest, dass aus uns nichts mehr wird.«

»Dir ist schon klar, dass du in einer Großstadt

wohnst? Vielleicht war es ein Obdachloser, der sich im Keller neu ausgestattet hat. Ständig steht die Haustür offen, da ist es kein Wunder, dass ...«

»Du klingst schon wie die alte Grandt.«

»Mal im Ernst, Emily. Was genau sollte ich davon haben, deine Sachen zu stehlen?«

»Keine Ahnung. Sag du's mir.«

»Mach dich nicht lächerlich. Was will ich denn mit deinen schmutzigen Unterhosen?«

Bei der Erwähnung ihrer Unterwäsche wurde sie hellhörig. »Woher weißt du, dass Unterhosen dabei waren? Davon habe ich nichts gesagt.«

»Du würdest wohl kaum so einen Aufstand machen, wenn es hier um ein paar Handtücher ginge.«

»Das klingt, als würde ich deiner Meinung nach völlig überreagieren.«

»Was du eindeutig tust, wenn du mich beschuldigst. Glaubst du, es fühlt sich gut an, von seiner Ehefrau als Perversling abgestempelt zu werden? Ich bin nicht so einer.«

»Das habe ich auch gedacht. Bis du mit dieser ...«

»Halt!« Thorsten klang aufgebracht. »Fang nicht wieder mit diesem Mist an, okay? Wir hatten das Thema oft genug.«

»Ich soll nicht davon anfangen, dass du mit einer Kollegin ins Bett gestiegen bist und nicht mal im Nachhinein die Größe besitzt, es trotz eindeutiger Beweise zuzugeben und dich zu entschuldigen?«

»Beweise! Seit wann stehe ich vor Gericht?« Mittlerweile war er laut geworden. Seine Kollegen schienen ihm jetzt egal zu sein oder er war nach draußen gegangen.

»Ein Foto ist nun mal ein Beweis«, sagte Emily emotionslos. »Es zeigt die Fakten.«

»Du als Journalistin solltest es besser wissen. Aber lassen wir das. Ich hab jedenfalls deine Scheißwäsche nicht geklaut. Damit ist dieses Gespräch für mich beendet.« Thorsten legte auf.

Mit voller Wucht feuerte Emily das Telefon in die Ecke des Sofas, wo es am Polster abprallte und gegen Gismos Oberschenkel schlug. Der Kater sprang beleidigt auf und verzog sich auf seinen Lieblingsplatz auf der Fensterbank zwischen Emilys Kakteen.

»Sorry«, murmelte Emily. Thorsten hatte recht, es war vollkommen unsinnig, dass er ihre Wäsche gestohlen haben soll. Sie wusste auch nicht, warum sie auf die Idee gekommen war, ihn zu beschuldigen. Im Nachhinein tat es ihr leid. Die Vorstellung, jemand Fremdes könnte ihre getragene Wäsche bei sich haben, war einfach so unheimlich, dass sie sich wohl irgendwie gewünscht hatte, dass es *nur* Thorsten gewesen war. Sie überlegte, ob sie ihn anrufen und sich entschuldigen sollte, entschied sich aber dagegen. Das würde er womöglich falsch auffassen und sich wieder animiert fühlen, doch weiter um sie zu kämpfen. Er mochte jetzt zurecht wütend auf sie sein, aber so würde er ihr vielleicht mal eine Atempause gönnen.

Es klingelte an der Tür. Schnell wischte Emily sich die Tränen der Wut von den Wangen. In der Diele überprüfte sie mit einem schnellen Blick in den Spiegel, ob sie auch nicht überall ihre Mascara verschmiert hatte, dann öffnete sie. Wie gestern befürchtet, stand Jannes mit einer neuen Trinkflasche in der Hand vor ihr. Er hatte sogar eine rote Schleife darum gebunden und hielt sie ihr breit grinsend entgegen. »Wie versprochen. Einmal eine Ersatzflasche frei Haus.«

Emily nahm sein Geschenk entgegen.

»Ist aus Bambusfasern. Plastikfrei, nachhaltig und stylisch. Ist von einem Start-up, das Freunde von mir gegründet haben.«

»Ah. Cool.« Sie gab sich Mühe, beeindruckt zu klingen, was ihr nicht wirklich gelang.

»Ich seh schon, dafür kann ich dich nicht begeistern.« Jannes wirkte enttäuscht.

»Sorry, ich freue mich natürlich. Ich bin nur gerade etwas im Stress.«

»Okay. Dann brauche ich auch nicht zu fragen, ob du mit rauskommst. Ich treffe mich am Mauerpark mit ein paar Freunden und wir wollten eine Runde Discgolf spielen.«

»Eine Runde was?«

»Das ist wie Golf nur mit einer Frisbeescheibe. Man sucht sich ein Ziel aus, das man zu treffen versucht. Dann kommt der Nächste und so weiter.«

Emily musste sich Mühe geben, nicht das Gesicht zu verziehen. »Dir ist schon klar, dass ich vierunddreißig bin und nicht mehr Mitte zwanzig, oder?«

»Na und? Da sind auch Ältere dabei.« Er runzelte die Stirn und hob beschwichtigend die Hände. »Nicht, dass ich damit sagen wollte, du wärst älter. Wir sind eine bunte Truppe, so meine ich das.«

»Es ist echt nett von dir, aber ich habe zu tun.« Sie deutete hinter sich in Richtung Wohnzimmer.

Es tat ihr beinahe leid, ihm ständig eine Abfuhr verpassen zu müssen, aber anscheinend wollte er es ja nicht anders. Niemand zwang ihn dazu, sie ständig zu allen möglichen Unternehmungen einzuladen. Sie wollte nicht mit ihm in ein veganes Café, hatte keine Lust auf irgendwelche schlechten Plätze im Theater, für die er Restkarten abgestaubt hatte und erst recht wollte sie nicht mit einer Horde Studenten im Park Frisbee spielen.

»Ah okay. Ich dachte, weil du zu Hause bist.«

Emily lächelte entschuldigend. »Homeoffice.«

»Nun. Schade.« Er wandte sich mit hängenden Schultern um und stapfte auf die Treppe zu. Auf dem halben Stockwerk drehte er sich noch mal um, als erwartete er, dass sie aus Mitleid doch zusagte. Da konnte er lange warten.

Einen kurzen Moment erwog Emily, ihn zurückzurufen und auf die fehlende Wäsche anzusprechen, verkniff es sich aber. Sie wollte nicht noch jemanden deshalb vor den Kopf stoßen. Es würde wohl ein Rätsel bleiben, was mit ihren Unterhosen passiert war.

Kapitel 7

Es ist fast acht und immer noch ist niemand zurück. Mittlerweile sitze ich mir schon über vier Stunden den Hintern auf der unbequemen Couch platt. Immerhin wurde es mir leicht gemacht. Die Balkontür war nur gekippt, als ich heute Mittag hier ankam. In einer Erdgeschosswohnung. Sie liegt zwar im Hochparterre, aber jeder Vollidiot würde es schaffen, auf den Balkon zu klettern, durch den Schlitz zu greifen und die Tür zu öffnen. Ich hoffe nur, dass mich kein Nachbar dabei beobachtet hat. Aber hätte er dann nicht längst die Polizei gerufen?

Vermutlich nicht. Heutzutage interessiert sich doch kaum noch jemand dafür, was in der Wohnung nebenan vor sich geht. Die Menschen sind viel zu sehr mit sich selbst beschäftigt. Wie sonst kann es passieren, dass Verstorbene manchmal wochenlang unentdeckt in ihren Wohnungen liegen, bis der Verwesungsgestank dafür sorgt, dass jemand sich beim Hausmeister beschwert?

Leider hat sich meine Hoffnung, dass die Sache hier mit schnell rein und schnell wieder raus erledigt ist, nicht erfüllt. Natürlich hat er das, weswegen ich gekommen bin, bei sich. Also muss Plan B herhalten, was ihm noch leidtun wird. Wobei, dafür hat er nachher keine Gelegenheit mehr.

Das Stück Wäscheleine liegt neben mir bereit. Erst hatte ich an eine Krawatte gedacht, weil die vielleicht authentischer wirken würde, aber es darf nichts schiefgehen und so eine mit Draht verstärkte Wäscheleine eignet sich einfach besser zum Strangulieren. Die Handschuhe hatte ich zur Sicherheit schon an, als ich eingestiegen bin. Besser keine Spuren hinterlassen, auch wenn ich es wie einen Unfall aussehen lassen werde. Einen dieser autoerotischen, bei denen Menschen sich während der Selbstbefriedigung die Luft abschnüren und dann versehentlich sterben. Das ist gar nicht so selten, wie man glauben würde, ich habe es recherchiert. Zum Beispiel ist dieser eine Schauspieler aus *Kill Bill,* David Carr-irgendwas, auf diese Weise ums Leben gekommen. Genau so werde ich es aussehen lassen. Die Wäscheleine am Türgriff, die Leiche untenrum nackt und nach vorne gelehnt.

Um mir die Zeit zu vertreiben, schaue ich meine Fotos von Emily auf dem Handy durch. Ich kann mich einfach nicht sattsehen an ihr. Diese grünen Augen, das verschmitzte Grinsen und die wundervollen Grübchen auf ihren prallen Wangen. Sie entspricht nicht dem gängigen Schönheitsideal, ist nicht gerade groß, eher rundlich als schlank und ihren Stil würde ich als eigen bezeichnen. Aber das macht sie für mich so besonders. Diese Frauen, die alle gleich aussehen und sich die Kilos runterhungern mit ihrem Lowcarb-Gedöns, die Stunden in Fitnessstudios verbringen, sich die Wimpern färben und die Zornesfalte wegspritzen lassen, reizen mich nicht.

Mit dem Finger streiche ich über Emilys Hals. Der Zoom vom iPhone ist einfach der Hammer. Die kleine Lea steht neben ihr und scheint genau in die Kamera zu sehen. Es wirkt, als würde sie mich dabei beobachten, so durchdringend sind ihre blauen Augen. Wenn ich es nicht besser wüsste, ich würde niemals glauben, dass dieses Mädchen Emilys Tochter ist. Sie hat so gar nichts von ihrer Mutter, was schade ist. Vermutlich wird sie später auch eine von diesen aufgespritzten Frauen, denen nichts wichtiger ist als ihr Aussehen.

Nicht, wenn ich es irgendwie verhindern kann, denke ich und nicke entschlossen. Ich werde mein Bestes geben, ihr andere Werte zu vermitteln.

Du und Erziehung, höhnt Mutter in meinem Kopf. *Um Kinder auf den richtigen Weg zu bringen, braucht es Konsequenz, Durchhaltevermögen und Empathie. Alles, was du nicht hast.*

Da bin ich ganz nach dir geraten, antworte ich.

Auf der Straße wird eine Autotür zugeschlagen und ich horche auf. Das Boardinghaus liegt so weit draußen, dass selbst um diese Uhrzeit wenig los ist und man die vorbeifahrenden Wagen an einer Hand abzählen kann. Kurz darauf geht die Haustür. Endlich, er kommt. Ich stecke mein Handy in die Hosentasche und knete meine Hände. Jetzt, wo es so weit ist, werde ich doch etwas nervös.

Siehst du, nichts kannst du durchziehen.

Ich blende die Stimme meiner Mutter aus. Natürlich kann ich es durchziehen. Und ich werde es. Für Emily.

Der Schlüssel wird in die Wohnungstür gesteckt, mit einem Klacken springt die Tür auf. Atemlos presse ich mich an die Wand im Wohnzimmer, damit er mich nicht sofort entdeckt, wenn er reinkommt. Die Enden der Wäscheleine habe ich mir um die Hände gewickelt, damit ich ordentlich ziehen kann.

Die Schritte stoppen im Flur, Papier raschelt. Anscheinend schaut er seine Post durch. Er gibt ein Brummen von sich, dann geht er weiter. Meine Muskeln sind zum Zerreißen gespannt. Jeden Moment wird er auftauchen. Stattdessen geht er ins Bad. Ich stoße den Atem aus, den ich unwillkürlich angehalten habe.

Der Klodeckel knallt und er lässt sich mit einem Seufzer auf die Schüssel sinken. Kurz überlege ich, ob ich in die Diele presche, mir hole, weswegen ich gekommen bin, und verschwinde. Aber das wäre zu auffällig. Er würde sofort merken, dass es fehlt, und am Ende Emily informieren. Das kann ich nicht riskieren. Also muss ich mich wohl gedulden und ertragen, wie er bei offener Klotür scheißt.

Das Seil schnürt mir das Blut in den Händen ab, da ich es in meiner Aufregung zu straff gewickelt habe. Konnte ja auch keiner ahnen, dass ich noch zehn Minuten wie bestellt und nicht abgeholt hier rumstehen muss, bevor es ernst wird.

Nach einer gefühlten Ewigkeit geht endlich die Spülung. Er wäscht sich die Hände, was Mutter nicht unkommentiert lassen kann.

Das ist ein ordentlicher Mann, im Gegensatz zu ...

Ich fuchtele mit der Hand in der Luft herum, um sie zu unterbrechen. Das muss ich mir jetzt nicht anhören.

Die Schritte kommen näher, er ist zurück in der Diele. Ich packe das Seil wieder straffer, hebe die Hände zum Angriff. Hoffentlich kommt er nicht auf die Idee, auch noch zu duschen oder sich was zu kochen.

»Hallo?«, sagt er plötzlich und ich erstarre. Hat er mich etwa entdeckt?

»Ja, das habe ich auf dem Schirm, keine Sorge.«

Nein, er telefoniert. Was schlecht für mich ist, denn wenn er jetzt ins Wohnzimmer kommt, kann ich ihn wohl kaum attackieren. Mein Plan, es wie einen Unfall aussehen zu lassen, wäre dahin. Tatsächlich erscheint wenige Sekunden später seine Silhouette im Türrahmen. Ich presse mich an die Wand, wage es kaum zu atmen.

Nicht umsehen, beschwöre ich ihn. Es scheint zu wirken. Er tritt ans Fenster, öffnet die Balkontür und geht nach draußen. Hektisch schaue ich mich nach einem Versteck um.

Dann verlässt mich mein Glück. Mit dem Telefon am Ohr dreht er sich um und schaut direkt zu mir. Für einen Moment stehen wir beide regungslos da und starren uns an. Eine Welle Adrenalin jagt durch meinen Körper, mein Herz rast.

Was soll ich tun?

An ihm vorbeistürmen und abhauen? Aus der Haustür flüchten? Aber dann war alles umsonst. Ob ich noch einmal die Gelegenheit bekommen werde, ist fraglich.

»Hör mal, ich muss dich eben abhängen, wir sprechen ein andermal«, sagt er, nimmt das Telefon vom Ohr und legt auf. Kein Wort davon, dass sich jemand Fremdes in seiner Wohnung befindet.

Das war ein Fehler!

Nur knapp kann ich verhindern, dass sich ein Lächeln auf meinem Gesicht ausbreitet.

»Was zur Hölle?«, sagt er und macht einen Schritt auf mich zu.

Ja, komm näher.

»Was haben Sie in meiner Wohnung verloren?« Er hebt die Hand mit dem Telefon, vermutlich, um die Polizei zu rufen. »Moment«, sagt er dann. »Ich habe Sie doch schon mal gesehen!«

Kurz bringt er mich damit aus dem Konzept. Hat er wirklich?

Mittlerweile hat er das Wohnzimmer wieder betreten, ist nur noch wenige Schritte von mir entfernt und fuchtelt mit dem Zeigefinger in meine Richtung.

»Ja, doch! Ich bin mir sicher ...«

Weiter kommt er nicht. Mit einem Satz hechte ich nach vorne, reiße meine Arme nach oben und stoße das gespannte Seil in Richtung seines Halses.

Erschrocken sieht er mich mit aufgerissenen Augen an, will noch ausweichen, doch seine Reaktion kommt zu spät.

Wie ich es trainiert habe, wickle ich blitzschnell das Seil um seinen Hals. Seine Hände schießen nach oben an seine Kehle. Währenddessen wechsle ich die Position, positioniere mich hinter seinem Rücken, um seine Gegenwehr ineffektiver zu machen.

Er versucht verzweifelt, seine Finger unter das Seil zu schieben, röchelt, tritt nach hinten aus. Ich ziehe, so fest ich kann, und halte dabei seinen zuckenden Körper in Schach.

Die ganze Sache dauert länger als gedacht und meine Muskeln zittern vor Anstrengung.

Irgendwann erschlafft er in meinen Armen und sinkt zu Boden.

Schwer atmend setze ich mich neben ihn, muss mich einen Moment ausruhen. Das Gefühl, das mich durchflutet, ist unbeschreiblich.

Es ist ein bisschen wie nach einer Achterbahnfahrt.

Ich bin aufgedreht, hellwach und gleichzeitig fällt eine irrsinnige Anspannung von mir ab. Jetzt muss ich nur noch die Leiche präparieren und mir nehmen, weswegen ich gekommen bin. Ein großer Schritt auf meinem Weg zu dem wunderbaren Ziel: Emily.

Kapitel 8

Trotz des wunderschönen Sommertages war der Spielplatz wie ausgestorben. Lea saß auf der Schaukel und quiekte vor Freude. Emily hatte es sich auf einer der Bänke am Rand bequem gemacht und schmökerte in ihrer Zeitschrift. Normalerweise hasste sie Frauenzeitschriften, aber sie brauchte noch eine einfache, aber schicke Frisur für die Hochzeit. Als sie das nächste Mal aufschaute, stand ihre Mutter an der Schaukel und winkte ihr zu. Kurz wunderte sie sich, woher die so plötzlich kam, dachte aber nicht weiter darüber nach und vertiefte sich wieder in die Lektüre. Aus dem Augenwinkel bekam sie mit, wie sich der Spielplatz immer mehr füllte.

»Mama?«

Sie blickte auf. Das war doch Leas Stimme. Ihre Tochter saß nicht mehr auf der Schaukel und auch ihre Mutter war verschwunden. Angespannt schaute sich Emily um, konnte die beiden aber nirgends entdecken.

»Mama«, rief Lea erneut, sie klang verängstigt.

Emily sprang von der Bank auf. Der Spielplatz war auf einmal voller Menschen und ihre Tochter war in dem Gewühl nicht zu sehen. »Lea? Wo bist du?«

»Mama!« Jemand tippte ihr auf die Wange. Emily öffnete die Augen und lag in ihrem Bett. »Wach auf!«

»Ich bin ja wach, Schätzchen.« Emily schielte auf den Wecker. Es war halb drei, mitten in der Nacht. »Was gibt es denn?«

»Da ist jemand im Flur!« Hatte Lea eben noch gerufen, um ihre Mutter zu wecken, flüsterte sie nun.

Emily schaute zur geschlossenen Schlafzimmertür. »Du hast bestimmt nur schlecht geträumt«, versuchte sie, ihre Tochter zu beruhigen.

»Nein, Mama. Ich bin aufgewacht, weil Gismo so laut vor meiner Tür miaut hat. Und als ich auf den Flur gegangen bin, stand da ein Mann.«

Emily strich ihrer Tochter beruhigend über die blonden Locken. Bestimmt hatte Lea den Schatten einer Jacke oder etwas anderes mit einer Person verwechselt. Oder aber es war eine Ausrede, die sie vorschob, um bei ihrer Mutter im Bett übernachten zu dürfen. Seit Thorsten ausgezogen war, verhielt sich Lea wieder wie ein Kleinkind. Dabei würde sie kommenden August eingeschult.

»Und jetzt ist er immer noch da?«

Lea schüttelte den Kopf. »Ich glaube nicht. Er ist zur Tür gerannt, als er mich gesehen hat.«

Diese Antwort bereitete Emily nun doch ein wenig Sorgen. Eine Jacke bewegte sich nicht. Vielleicht hatte Lea ja recht. Ein eiskalter Schauer durchfuhr sie, doch sie versuchte, sich nichts anmerken zu lassen. Schließlich war sie hier die Erwachsene, die ihre Tochter beschützen musste. Obwohl sie sich am liebsten unter ihrer Decke verkrochen hätte und bis zum nächsten Morgen nicht mehr hervorgekommen wäre, stand Emily auf. »Ich geh mal nachsehen, okay?«

Lea nickte und kletterte in das Ehebett, wo sie sich die Decke bis zum Kinn zog. »Mama«, flüsterte sie. »War das vielleicht Papa und er ist vorbeigekommen, um mir gute Nacht zu sagen?«

Emily runzelte die Stirn. Auf die Idee war sie gar nicht gekommen, dabei war es doch so naheliegend.

Seit sie Thorsten aus der gemeinsamen Wohnung geworfen hatte, kam er ständig wieder an. Mal stand plötzlich ein Strauß Blumen mit einer Botschaft von ihm auf dem Küchentisch, ein anderes Mal wartete er vor dem Café, in dem sie mit Freundinnen saß, und wollte dringend mit ihr reden. Einmal hatte er sogar vor der Kita auf sie gewartet, um sie zum Essen einzuladen, da er wohl gehofft hatte, sie würde ihn in Anwesenheit von Lea nicht abweisen.

Vielleicht war es wirklich Thorsten gewesen, der irgendeine »Überraschung« hinterlassen wollte. Seit dem Streit über die verschwundene Wäsche herrschte Funkstille zwischen ihnen und Emily hatte sich schon gefragt, wann er wieder angekrochen kommen würde.

Der Gedanke an Thorsten nahm ihr die Angst und machte sie wütend, sodass sie die Schlafzimmertür aufriss, in die Diele trat und das Licht einschaltete. Wie erwartet war niemand zu sehen. Klar, Lea hatte ja gesagt, dass der Eindringling zur Tür gestürmt war, nachdem sie ihn entdeckt hatte.

Emily warf einen Blick in die Küche. Kein Hinweis darauf, dass Thorsten hier gewesen war. Auch im Wohnzimmer nichts, keine Blumen oder andere Überraschungen. Anscheinend hatte Lea ihn überrascht, bevor er was auch immer hatte ablegen können. Oder hatte ihre Tochter sich doch getäuscht?

Das ließ sich ganz leicht herausfinden. Sie ging zur Tür und drückte die Klinke herunter.

Sie war nicht verschlossen. Also war garantiert jemand hier gewesen, denn seit Gismo gelernt hatte, auf die Klinke zu springen und sich so den Weg ins Freie zu bahnen, schloss Emily immer ab. Sie hatte keine

Lust, die Katze irgendwann überfahren von der Straße kratzen zu müssen.

Thorsten würde was zu hören bekommen. Was fiel ihm ein, wie ein Einbrecher mitten in der Nacht hier einzusteigen und ihrer Tochter einen Riesenschrecken einzujagen? Aber das musste bis morgen warten. Wenn sie ihn jetzt noch anrief, um sich mit ihm zu streiten, war für die restliche Nacht an Schlaf nicht mehr zu denken.

Kapitel 9

Am nächsten Morgen fühlte Emily sich wie gerädert. Natürlich hatte sie kein Auge mehr zugemacht und auf jedes Geräusch in der Wohnung und im Haus gelauscht. In Berlin, wo eigentlich immer jemand auf den Beinen war, hatte man da viel zu tun. Ständig hatte sie befürchtet, dass Thorsten wieder zurückkam und vollendete, was auch immer er hier gewollt hatte. Zu dumm, dass der Vermieter ihr untersagte, das Schloss auszuwechseln. Thorsten hatte seinen Schlüssel trotz mehrfacher Aufforderung nicht zurückgegeben und konnte bei ihr ein- und ausgehen, wie er wollte.

Müde wankte Emily in die Küche und schaltete die unglaublich teure Siebträger-Kaffeemaschine an, die er zu ihrem letzten Hochzeitstag gekauft hatte. Der, nach dem sie das verflixte siebte Jahr überstanden hatten. Wobei das eher ein Geschenk für ihn als für Emily gewesen war, denn sie legte nicht sonderlich viel Wert auf Kaffee, Hauptsache er war stark und machte wach. Im Gegenteil, es nervte sie, dass das Gerät so lange brauchte, bis es aufgeheizt war. Für sie hätte es auch ein stinknormaler Vollautomat getan, der vielleicht ein Drittel der Maschine kostete.

Die Wartezeit nutzte sie, um Gismo sein Frühstück hinzustellen. Es war ein Wunder, dass er nicht längst protestierend neben ihr stand. Normalerweise tat er, wann immer sie in die Küche ging, so, als stünde er kurz vor dem Hungertod. Dabei war es völlig egal, ob er gerade erst gefüttert worden oder es tatsächlich Essenszeit war. Dass er sein Frühstück verschlief, war eine Seltenheit. Vermutlich kam seine Gier daher, dass er sich als Baby mit seinen Geschwistern und seiner Mutter auf der Straße in ihrem Viertel hatte durchschlagen müssen. Emily hatte die kleine Familie irgendwann eingefangen und zu einem Tierheim gebracht. Gismo, das kleinste und mit seiner rosafarbenen Nase süßeste der Kätzchen, war ihr nicht mehr aus dem Kopf gegangen, sodass sie schließlich beschlossen hatte, ihn zu adoptieren. Und dass, obwohl Haustiere in der Mietwohnung eigentlich nicht gestattet waren.

Emily öffnete den Schrank, in dem die Dosen lagerten. In Erwartung, den schwarz-weißen Kater um die Ecke flitzen zu sehen, drehte sie sich um. Nichts passierte. Es blieb auch alles ruhig, als sie die Hälfte des stinkenden Inhalts in die Schale füllte und diese auf den Boden stellte.

Noch immer keine Spur von der Katze.

Das war nun wirklich ungewöhnlich. Spätestens das Geräusch der Schale auf dem Boden sorgte sonst dafür, dass er angerannt kam. »Gismo, komm, Futter!« Sie klapperte mit der Gabel an der Dose und machte sich, als er noch immer nicht auftauchte, auf die Suche.

Im Wohnzimmer auf seinem Lieblingsplatz, der Fensterbank, von der aus er Vögel im Hinterhof beobachtete, war er nicht. Auch nicht auf der Couch oder dem Receiver, auf dem er im Winter immer übernachtete. Sie schaute unter die Couch, hinter die Tür und in Leas Zimmer, doch Gismo war nirgends zu entdecken. Langsam machte sie sich Sorgen.

Hatte Thorsten ihn letzte Nacht etwa mitgenommen? War er deshalb hier gewesen? Vielleicht hatte er Gismo irgendwo ausgesetzt. Bei dem Gedanken daran schnürte sich ihr der Hals zu. Eigentlich hatte er sich nie viel aus der Katze gemacht, aber er wusste, dass er sie damit am meisten treffen würde.

Abgesehen davon natürlich, wenn er ihr Lea wegnähme. Aber da er »für den Übergang« – der nun schon ein halbes Jahr andauerte – in ein Boardinghaus gezogen war, würde ihm kein Gericht der Welt das Sorgerecht zusprechen.

Nachdem sie ihre Tasse unter die mittlerweile aufgeheizte Maschine gestellt hatte, nahm sie ihr Handy und wählte Thorstens Nummer. Sie erreichte nur die Mailbox und hinterließ ihm eine wütende Nachricht.

»Mama, mit wem schimpfst du denn da?« Lea stand im Türrahmen und rieb sich die Augen.

Emily lächelte ihr kurz zu, zischte noch ein: »Meld dich sofort, wenn du das abhörst« ins Telefon und legte dann auf. »Mit niemandem, Schatz. Sag mal, als Papa gestern Nacht da war, hast du gesehen, ob er etwas mitgenommen hat?«

Lea senkte den Blick, als hätte sie etwas falsch gemacht, und zuckte die Schultern. »Ich weiß nicht. Es war so dunkel.«

»Nicht schlimm, Mausi. Hast du Hunger, willst du frühstücken?«

Lea nickte, tapste mit ihren nackten Füßen zum Tisch und kletterte auf einen der Stühle.

Emily holte die Packung Schokopops aus dem Schrank, die sich verdächtig leer anfühlte. Tatsächlichen waren es nicht mehr als vielleicht zwei Esslöffel, die sie in die Schüssel füllte. Als möglichen Ersatz hatte sie nicht mehr viel im Haus. Nur noch ein trockenes Endstück vom Brot, ein wenig Gurke und etwas

Frischkäse, was ihr als Frühstück genügte, aber nichts für Lea war.

Ihr Rücken schmerzte, als sie neben Lea in die Knie ging. Die Nacht hatte sie nicht gerade entspannt dagelegen. »Ist es in Ordnung, wenn ich dich fünf Minuten allein lasse und schnell zum Supermarkt renne? Die Kellogg's sind leer.«

Erst nickte Lea, schaute dann aber erschrocken auf. »Und wenn der Mann von heute Nacht wieder zurückkommt?«

»Du meinst Papa?«

Lea zuckte mit den Schultern und senkte den Blick. »Ja.«

Emily warf einen gehetzten Seitenblick auf die Digitaluhr am Backofen. Wenn Lea sich jetzt erst anzog und mitging, wurde das alles zu knapp. Sie musste ihre Tochter bald in die Kita bringen, da sie heute noch einiges zu erledigen hatte.

»Der kommt bestimmt nicht«, versicherte sie. »Du weißt doch, dass ich vorhin mit jemandem geschimpft habe. Das war Papa. Ich habe ihm klargemacht, dass er wie jeder andere Besucher klingeln muss. Und wenn es klingelt, während ich weg bin, machst du einfach nicht auf.«

»Mmh«, machte Lea, klang aber nicht überzeugt.

»Du bist doch ein großes Mädchen. In ein paar Wochen wirst du eingeschult. Das schaffst du, oder?«

Mit einem Mal leuchteten Leas Augen. »Ja, genau«, sagte sie und die Aussicht darauf, bald endlich zu den großen Kindern zu gehören, ließ sie innerhalb weniger Sekunden wachsen. Sie saß aufrecht und nickte zuversichtlich.

Emily zog sich schnell eine Jogginghose über, schlüpfte in ihre Flipflops und stürmte die Treppe hinunter.

Der Laden an der Ecke war erfreulich leer und so stand sie bereits nach knapp fünf Minuten wieder vor der Haustür. Auf dem Weg hatte sie ständig nach Gismo Ausschau gehalten, für den Fall, dass er einfach entwischt war, als Thorsten in der Nacht fluchtartig ihre Wohnung verlassen hatte. Aber sie konnte ihn nirgends entdecken.

Im Hausflur leerte sie noch ihren Briefkasten. Sämtliche Briefe waren aufgerissen. Anscheinend hatte irgendjemand fälschlicherweise ihre Post bekommen, sie geöffnet und dann in ihren Briefkasten geschmissen. Aber merkte man das wirklich erst nach fünf Umschlägen? Vermutlich war das auch Thorsten gewesen.

Nächtliches Eindringen in ihre Wohnung, Durchsuchen ihrer Post. Dass er den Rauswurf nicht einfach akzeptierte, war zu erwarten gewesen. Dass er aber nun solche Züge an den Tag legte, damit hatte Emily nicht gerechnet. Dabei war sie davon ausgegangen, dass sie ihn nach all den gemeinsamen Jahren kannte. Sie hatten sich zwar erst während des Studiums angenähert, aber sie waren bereits auf die gleiche Schule gegangen und hatten denselben Freundeskreis gehabt.

Die Post bestand zum Glück auf den ersten Blick nur aus Werbung, außerdem einer Rechnung vom ADAC. Die hätte Thorsten gleich mitnehmen können, immerhin war er derjenige gewesen, der diese Mitgliedschaft unbedingt gewollt hatte.

Im Erdgeschoss links riss die alte Frau Grandt genau in dem Moment die Tür auf, als Emily daran vorbeiging. Vermutlich hatte sie durch den Spion geschaut und den richtigen Augenblick abgepasst.

»Ach, Frau Windaus. Gut, dass ich Sie erwische.«

Genau. Rein zufällig natürlich. Innerlich seufzte Emily, setzte ein Lächeln auf und drehte sich um. »Ja. Ich habe es etwas eilig ...«

»Oh, dann will ich Sie gar nicht lange belästigen. Wie ich mitbekommen habe, waren Sie heute auch nachtaktiv.«

Emily musste sich zusammenreißen, die Augen nicht wie ein trotziger Teenager zu verdrehen. Dieser Blockwart machte sie noch wahnsinnig. Ja, die Holzdielen in dem Altbau sorgten für Hellhörigkeit, oft genug verstand sie beinahe jedes Wort, das die Grandt am Telefon sprach. Aber durfte sie nicht mal normal in ihrer Wohnung herumlaufen, auch wenn es mitten in der Nacht war? »Oh, habe ich Sie etwa geweckt?«, fragte sie zuckersüß. »Das tut mir sehr leid.«

»Aber nicht doch.« Sylvia Grandt winkte ab. »Sie wissen doch, wie es um meinen Schlaf bestellt ist.«

Ja, weil du es bei jeder Gelegenheit erwähnst.

»Außerdem war zuerst der Radau im Hausflur. Ich nahm an, dass Sie davon geweckt wurden. Als würde eine Elefantenherde die Treppe runtertrampeln.«

»Ach, das meinen Sie. Ja, das war wirklich unüberhörbar. Sie haben nicht zufällig gesehen, wer das war?« Emily war sich sicher, dass es Thorsten gewesen war, wer hätte sonst ohne Einbruchsspuren in ihre Wohnung eindringen können? Mit einer Bestätigung der alten Grandt könnte sie ihre Anschuldigungen allerdings untermauern, wenn sie Thorsten endlich mal an die Strippe bekam.

»Leider nein, bis ich an der Tür war, war die Person schon weg. Aber ich kann mir denken, dass es dieser Student war, der neben Ihnen wohnt. Die jungen Leute haben doch nicht mehr gelernt, was Anstand bedeutet. Ich habe es mir ja gleich gedacht, als er eingezogen ist, dass der hier Unruhe stiften wird.« Sie schüttelte missbilligend den Kopf. »Den Hausflurdienst hat er letzte Woche auch mal wieder nicht erfüllt. Vielleicht könnten Sie ihn ja mal drauf ansprechen, wenn Sie ihn sehen.«

»Bisher hat er sich doch immer gut benommen«, verteidigte Emily ihn. »Wenn es nur darum geht, dass die Treppe hin und wieder nicht gekehrt ist ... davon ist noch niemand gestorben.«

»Es war nur eine Frage der Zeit«, ließ sich die Grandt nicht beirren. »Von der Tür aus bin ich direkt zum Fenster und habe weiter hinten in der Straße jemanden weglaufen sehen, dessen Statur so aussah wie die von dem Studenten.«

»Dann wird er es wohl gewesen sein«, lenkte Emily ein, obwohl sie bezweifelte, dass die alte Frau bei diesen Lichtverhältnissen überhaupt etwas gesehen hatte. Wenn es allerdings stimmte, was sie sagte, dann konnte es nicht Thorsten gewesen sein. Zwischen ihm und Jannes, dem Studenten, lagen Welten. Thorsten war, ähnlich wie Emily, etwas zu kurz geraten und außerdem recht breit für seine Größe. Jannes hingegen war groß und athletisch.

Emily beschloss, dass Sylvia Grandt überhaupt nichts gesehen hatte. Es gab keine andere Erklärung für die Vorfälle von letzter Nacht, als dass Thorsten in ihrer Wohnung gewesen war.

»Ich muss auch mal weiter. Meine Tochter muss in den Kindergarten«, verabschiedete sich Emily. Eigentlich würde sie den Blockwart gerne noch fragen, ob sie irgendwo eine schwarz-weiße Katze gesehen hatte. Nur für den Fall, dass Gismo doch entwischt war. Aber sie hatte Angst, dass die Grandt sie sofort beim Vermieter verpetzen würde. Wenn es um die Einhaltung der Hausregeln ging, kannte sie keine Freunde.

»Einen schönen Tag wünsche ich«, rief ihr die Grandt noch hinterher, als sie schon einen Fuß auf die Treppe gesetzt hatte. Im ersten Stock kam ihr ausgerechnet Jannes entgegen. Sein Haar war wie immer perfekt gegelt und er strahlte, als er sie entdeckte.

»Hey, Emily. Gut, dass ich dich treffe.«

Er hatte sie von ihrem ersten Treffen an geduzt, was ihr am Anfang geschmeichelt hatte, da sie sich furchtbar alt fühlte, wenn jüngere Menschen sie siezten. Jannes hatte aber bald eine Vertraulichkeit an den Tag gelegt, die ihr unangenehm war.

Der Möchtegern-Influencer hatte die Wohnung bezogen, kurz bevor sie Thorsten wegen seiner Affäre rausgeworfen hatte. Zugegeben, er hatte eine beträchtliche Anzahl an Followern, sie hatte ihn mal auf Instagram gesucht, aber er war in ihren Augen weit davon entfernt, mit der Plattform sein Geld verdienen zu können.

»Leider habe ich gerade überhaupt keine Zeit«, murmelte sie und drängte sich auf der engen Treppe an ihm vorbei. Sie hatte jetzt wirklich keinen Nerv auf eine Unterhaltung mit ihm.

»Jo, kein Ding, aber ... Jetzt warte doch mal kurz«, sagte er, als sie keine Anstalten machte, anzuhalten.

»Ich habe da einen Brief für dich. Der ist aus Versehen in meinem Kasten gewesen.«

Emily warf einen kurzen Blick auf die Umschläge in ihrer Hand und schaute dann ihn an. »Ach, so ein Zufall. Da war der Postbote dieses Mal wohl besonders unaufmerksam. Die hier sind auch schon bei anderen gelandet. Leg ihn mir doch einfach auf die Fußmatte, okay?«

»Kann ich ihn dir nicht eben persönlich geben?«

»Keine Zeit, sorry.« Demonstrativ holte Emily die Schlüssel raus und schloss ihre Tür auf.

»Da wäre noch was ...«

»Danke dir«, rief Emily ihm zu und verschwand in ihrer Wohnung. Dort atmete sie genervt aus.

Was war heute nur los? Erst Thorsten, der vollkommen durchzudrehen schien und mitten in der Nacht bei ihr einstieg, dann Gismos Verschwinden, und jetzt auch noch der aufdringliche Jannes, der versuchte, sie in eine Unterhaltung zu verwickeln, um sie womöglich direkt auf die nächste Party einzuladen. Sie erinnerte sich an den Brief, der angeblich aus Versehen in seinem Briefkasten gelandet war. Hatte etwa er ihre Post durchwühlt und diesen Brief mitgenommen? Aber warum sollte er dann so dumm sein, ihn ihr persönlich zu geben? Emily verdrängte den Gedanken. Momentan hatte sie wirklich genug Anderes um die Ohren, als sich wegen so etwas einen Kopf zu machen.

Kapitel 10

Den Vormittag verbrachte Emily am PC und arbeitete an ihrer Abgabe für die Redaktion. Immer wieder fielen ihr die Augen zu. Der Schlafmangel der vergangenen Nacht saß ihr in den Knochen. Zu gern hätte sie eine Pause gemacht, um sich noch mal für eine Stunde hinzulegen. Da die Deadline immer näher rückte, war daran jedoch nicht zu denken, weshalb sie aufstand, um sich noch einen Kaffee zu holen. Dabei schaute sie auf ihr Handy. Thorsten hatte sich nicht zurückgemeldet. Offenbar zog er es vor, keine Reaktion zu zeigen und so zu tun, als hätte er nichts mit dem Vorfall in der Nacht zu tun. Sie rief ihn erneut an, erreichte jedoch wieder nur seine Mailbox. Dieses Mal verzichtete sie darauf, eine Nachricht zu hinterlassen. Sie hatte alles auf Band gesprochen, was sie ihm momentan zu sagen hatte.

Um halb zwölf war Emily mit einem Kollegen verabredet. Sie schrieb ihm eine SMS, dass sie sich im Café an der Ecke treffen könnten. Die Sonne strahlte schon den ganzen Morgen vom Himmel und sie musste einfach mal raus. Sie nutzte viel zu selten die Vorteile, die ihr die Arbeit im Homeoffice bot, doch heute fiel ihr die Decke auf den Kopf.

Nachdem sie sich etwas Make-up ins Gesicht geworfen hatte, machte sie sich auf den Weg. Hagen war Kameramann beim RBB und würde für ihren Beitrag über die offenen Gärten das Filmmaterial liefern. Er wartete bereits auf sie.

»Wie siehst du denn aus?«, begrüßte er sie.

Unwillkürlich fasste Emily sich ins Gesicht. Hatte sie in der Eile ihre Wimperntusche verschmiert? »Was meinst du?«

Hagen deutete auf ihre Beine und ihr Blick folgte seiner Handbewegung. Ihr Sommerkleid hatte sich in ihrer Unterhose verfangen und sie zeigte quasi der gesamten Straße ihren Hintern.

»Ach du Scheiße!« Schnell zupfte sie den Stoff zurecht und strich ihn glatt. Hitze schoss ihr ins Gesicht. Vermutlich war sie knallrot. »Das ist ja unglaublich peinlich«, murmelte sie.

»Ach was. Du hast höchstens ein paar Männer heißgemacht, bei der phänomenalen Kehrseite.« Hagen umarmte sie und klopfte ihr tröstend auf den Hintern. Emily ließ es zu, denn Hagen war stockschwul.

»Meinst du?«, fragte sie und schaute verlegen an sich hinab. Sie fand ihren Po viel zu breit und auch die Oberschenkel waren nicht gerade ein Teil ihres Körpers, den sie gerne auf der Straße herumzeigte. Daran änderten auch die unzähligen Yogastunden nichts, die sie bisher besucht hatte.

Sie bekam das Gefühl, dass jeder in der näheren Umgebung sie anstarrte. Am liebsten hätte sie sich in Luft aufgelöst.

Zum Glück lenkte ein Transporter, der mit quietschenden Reifen und aufheulendem Motor am Café vorbeiraste, die Aufmerksamkeit der Passanten auf sich.

»Was für ein Vollidiot«, kommentierte Hagen und setzte sich. Aus seinem Rucksack kramte er eine externe Festplatte hervor und legte sie auf den Tisch. »Ich habe schon mal eine Vorauswahl getroffen. Wenn du noch mehr Material brauchst, sag Bescheid, da ist einiges dabei.«

Emily bestellte sich einen Iced Latte und ein Panini-Sandwich, da sie nach dem stressigen Morgen noch nicht dazu gekommen war, etwas zu essen.

Hagen betrachtete sie aufmerksam. »Du siehst müde aus.«

»Und du wirfst heute geradezu mit Komplimenten um dich«, sagte Emily. Ihr Handy klingelte. Da keine Nummer angezeigt wurde, drückte sie den Anrufer weg.

»Okay, ich korrigiere. Du siehst genervt aus.«

»Das kann man wohl sagen. Mit Thorsten wird es immer schlimmer und jetzt hat mein Anwalt auch noch einen Bock geschossen und ihm die Trennungsvereinbarung zugeschickt, ohne dass ich ihn vorwarnen konnte. Ich hätte ihm gerne selbst gesagt, dass da etwas kommt.«

»Oh Shit. Wenn Anwälte ins Spiel kommen, wird es meistens hässlich.« Hagen fächelte sich mit einer Serviette Luft zu.

Emily nickte. »Du sagst es. Thorsten ist daraufhin heute Nacht bei mir in die Wohnung eingestiegen.«

»Wie bitte? Was ist denn mit dem los? Was hat er denn da gemacht?«

»Das habe ich bisher nicht rausgefunden, er geht nämlich nicht ans Telefon. Gismo ist auf jeden Fall seitdem verschwunden.«

»Deine Katze? Glaubst du, er hat sie mitgenommen?«

Emily zuckte mit den Schultern. »Er konnte Gismo nie sonderlich leiden, aber er weiß genau, dass er mich damit trifft. Ich habe den Kater quasi von der Straße gerettet. Kann natürlich auch sein, dass er aus der Tür geschlüpft ist, als Thorsten abgehauen ist.«

Nachdem sie Lea in die Kita gebracht hatte, hatte Emily Gismos Lieblings-Leckerlies eingepackt und draußen nach ihm gesucht. Es brach ihr das Herz, wenn sie sich vorstellte, dass er sich irgendwo völlig verängstigt versteckte und darauf wartete, dass sie ihn zurück nach Hause holte. Er war zwar auf der Straße geboren worden, aber die Zeit, die er dort verbracht hatte, war viel zu kurz gewesen, als dass er sich nach so vielen Jahren draußen noch allein zurechtfinden könnte.

»Das muss ausgerechnet jetzt passieren, wo die Abgabe drängt. Außerdem heiratet am Samstag eine Studienfreundin und ich bin dazu verdonnert, eins dieser lästigen Spiele für die Feier zu organisieren.« Wieder klingelte Emilys Handy und dieses Mal nahm sie den Anruf an. Sie würde Thorsten jetzt ordentlich die Meinung geigen. Unerwarteterweise meldete sich jemand am anderen Ende der Leitung.

»Emily, du durchtriebenes Biest. Was bist du nur für eine kleine Schlampe«, sagte der Anrufer, dann wurde die Verbindung sofort unterbrochen. Emily warf ihr Handy auf den Tisch, als wäre es glühend heiß.

»Ganz schön viel Stress«, sagte Hagen, der damit beschäftigt war, die letzten Tropfen seines Eiskaffees auszuschlürfen, und ihr Entsetzen nicht zu bemerken schien. »Wenn du Tipps brauchst, kannst du mich jederzeit anrufen. Ich liebe Hochzeiten.«

Emilys Sandwich wurde serviert, doch ihr war der Appetit vergangen. Das am Telefon hatte nicht nach Thorsten geklungen.

Oder hatte er seine Stimme verstellt? War das überhaupt möglich, dass sie ihren Mann, mit dem sie mehr als zehn Jahre zusammen gewesen war, nicht erkannte? Lustlos biss sie in das Brot und kaute halbherzig darauf herum.

»Schätzchen, ich muss dann auch wieder«, sagte Hagen und stand auf. Er legte einen Fünfeuroschein auf den Tisch. »Zahlst du für mich mit?« Sie verabschiedeten sich und Emily ließ sich den Rest des Sandwiches einpacken.

Auf dem Nachhauseweg hielt sie erneut Ausschau nach Gismo. Ihre größte Angst war, ihn überfahren auf der Straße zu finden. Zum Glück war das nicht der Fall, doch sie konnte ihn auch nirgends im Gebüsch entdecken und auch im Keller ihres Wohnhauses schien er sich nicht verkrochen zu haben.

Oben in der Wohnung rief sie erneut bei Thorsten an. Dieses Mal war sein Handy ausgeschaltet. So ein Drecksack. Bestimmt hatte er die Katze bei sich. Emily war so wütend, dass sie am liebsten das Telefon an die Wand geschleudert hätte. Wie konnte er es wagen, sich auf diese perfide Weise wieder in ihr Leben zu drängen? Und warum reagierte er nicht auf ihre Anrufe? Wollte er sie schmoren lassen und glaubte, wenn er das nur lang genug durchzog, wäre sie vor lauter Sorge irgendwann bereit, ihn zurückzunehmen? Vielleicht war er deswegen heute Nacht bei ihr eingebrochen. Um ihr Angst zu machen, damit sie sich bei ihm meldete.

Da hatte er sich aber geschnitten. Alles, was sie zurückwollte, war ihre Katze und ganz bestimmt nicht ihn. Sie war froh, dass sie die anfängliche Enttäuschung über sein Verhalten und den Trennungsschmerz überwunden hatte. Mittlerweile sah sie ihn so, wie sie all ihre Ex-Partner sah: als Geschmacksverirrung. Der einzige Unterschied war, dass sie mit ihm ein Kind hatte und Lea zuliebe den Kontakt zu ihm halten musste. In Erziehungsfragen, so hatte sie sich vorgenommen, würde sie ihn gleichberechtigt mit einbeziehen. Ihre Tochter sollte nicht unter der Trennung leiden. Dieses Vorhaben war in Momenten wie diesem schwierig umzusetzen, aber da musste sie nun mal durch.

Um sich abzulenken und weil sie den Auftrag dringend fertig kriegen musste, setzte Emily sich an den Laptop. Ihre Konzentration ließ allerdings zu wünschen übrig, und ehe sie sich versah, war es Zeit, Lea aus dem Kindergarten abzuholen.

Kapitel 11

Mit der flachen Hand schlage ich auf das Lenkrad ein. Eine Frau geht an meinem Wagen vorbei und beäugt mich misstrauisch, beschleunigt dann ihre Schritte.

»Dumme Fotze!«, rufe ich ihr hinterher und stelle mir vor, sie wäre Emily.

Die blöde Kuh dreht sich um und stiert mich einen Moment an. Vermutlich fragt sie sich, ob sie mein Kennzeichen aufschreiben soll. Ich setze eine noch finsterere Miene auf, falls das überhaupt möglich ist, also überlegt sie es sich anders. Kopfschüttelnd setzt sie ihren Weg fort. Ich dresche erneut auf das Lenkrad ein, bis mir die Hand wehtut.

Die Wut brodelt so heftig in mir, dass ich Magenschmerzen bekomme.

Wie kann sie es wagen? Lässt sich von diesem Typen begrapschen und das in aller Öffentlichkeit. Und was für ein beschissener Kerl das war. Einen so schlechten Geschmack hätte ich ihr überhaupt nicht zugetraut. Ein vollidiotischer Hipster mit Bundfalten-Cargos, Strohhut, Schnurrbart und – was am schlimmsten ist – Birkenstocksandalen. Welcher Mann zieht bitte diese hässlichen Latschen an und welche Frau findet das auch noch anziehend?

Du solltest auch besser mit der Mode gehen, wenn du mal eine gescheite Frau abbekommen willst, stichelt Mutters Stimme in meinem Kopf.

Ich muss keine abbekommen! Bald werde ich mir holen, was ich möchte, was mir zusteht. Andere Frauen als Emily interessieren mich nicht.

Zuerst hatte ich noch Hoffnung, dass er nur ein Bekannter ist, aber dann haben sie sich umarmt und er hat ihr an den Hintern gefasst. Es ist also anzunehmen, dass sie sich schon eine Weile kennen. Wie konnte ich das nicht mitbekommen? Anscheinend hält sie ihn aus Instagram raus, was mich wundert, sonst postet sie doch auch jeden Furz.

Wie zum Beispiel, dass sie ihre beschissene Katze vermisst. Dieses Drecksvieh, wegen dem ich von Lea in der Diele erwischt worden bin. Ist das eine verdammte Wachkatze oder was? Direkt heute Vormittag musste Emily mit ihren Followern teilen, dass das Mistvieh verschwunden ist. Der Umgang mit Social Media muss einem wohl im Blut liegen als Online-Redakteurin.

Doch zurück zum Thema: So lange ist die Trennung noch gar nicht her. Sollte sie nicht ein Vorbild für die kleine, süße Lea sein?

Was soll die denn daraus lernen, wenn sich ihre Mutter schon nach so kurzer Zeit dem nächstbesten Kerl an den Hals wirft? Bestimmt sind sie nach dem Kaffee hoch in die Wohnung gegangen, die Zeit nutzen, solange Lea im Kindergarten ist. Ich versuche, die Bilder, die sich mir aufdrängen wollen, nicht zuzulassen, aber es funktioniert nicht. Ich sehe sie vor mir, wie sie sich nackt und verschwitzt mit dem Hipster in ihrem Bett herumwälzt.

Verdammt, so eine Schlampe!

Wie kann sie mir das antun? Dabei habe ich mich so bemüht, alles für sie herzurichten, und sie macht meine ganzen Pläne zunichte.

Mühe geben würde ich das nicht nennen. Du hast rumgetrödelt und gepfuscht, wie damals während deines Studiums. Ich habe einen Versager auf die Welt gebracht.

Ich schließe die Augen und trommle mir mit den Fäusten gegen die Schläfen, um Mutter zum Schweigen zu bringen. Sie lügt! Ich bin kein Versager. Ich hatte immer gute Gründe, die Umsetzung der einzelnen Schritte zu verschieben.

Deine guten Gründe sind nichts als Ausreden. Aber die zu erfinden, darin bist du ganz groß. Ist ja auch eine Art von Talent.

Nein, das muss ich mir nicht länger anhören. Zugegeben, ich hänge hinterher, aber ich stehe kurz davor, die Vorbereitungen abzuschließen. Vorher muss ich nur noch eine Kleinigkeit erledigen. Emily muss eine Lektion erteilt bekommen. Sie soll leiden, so wie sie mich heute hat leiden lassen. Ich nehme das Handy und wähle ihre Nummer. Nach zweimaligem Klingeln geht die Mailbox ran. Sie hat mich weggedrückt. Erneut dresche ich auf das Lenkrad ein. Das muss ich mir nicht bieten lassen. Ich versuche es noch einmal und dieses Mal hebt sie ab.

»Emily«, sage ich mit rauer Stimme und bemühe mich, geheimnisvoll zu klingen. »Du durchtriebenes Biest. Was bist du nur für eine kleine Schlampe.« Dann lege ich auf. Das musste einfach raus. Aber besser fühle ich mich nicht. Für diese Treulosigkeit verdient sie eine härtere Strafe. Und ich glaube, ich habe da auch schon eine Idee.

Kapitel 12

Wie ein Stein fiel Emily am Abend auf die Couch. Zur Entspannung hatte sie sich ein Glas Wein eingeschenkt und endlich das Buch von Karin Slaughter aus dem Regal geholt, das sie schon seit dem Frühjahr lesen wollte. Sie schaffte nicht mehr als ein paar Seiten, bis ihr immer wieder die Augen zufielen. Schließlich gab sie auf, klappte das Buch zu und leerte ihr Glas. Sie musste dringend ins Bett.

Vor dem Schlafengehen überprüfte Emily noch einmal, ob die Tür auch wirklich abgeschlossen war. Ein unangenehmes Gefühl blieb trotzdem. Auch gestern hatte sie abgeschlossen, doch das würde Thorsten nicht davon abhalten, zu jeder Tages- und Nachtzeit in ihre Wohnung zu stiefeln. Obwohl sie wusste, dass er ihr nichts tun würde, fühlte sie sich in ihren eigenen vier Wänden nicht mehr sicher. Sie hatte nicht mal einen Schlüssel für ihr Schlafzimmer.

Da sie befürchtete, kein Auge zumachen zu können, holte sie kurzerhand eine Kiste Wasser aus der Vorratskammer und stellte diese vor die Tür. Wenn Thorsten heute Nacht zurückkommen sollte, würde sie zumindest aufwachen, sobald die Tür gegen den Kasten krachte. Mit etwas Glück würde der Lärm außerdem dafür sorgen, dass er sofort wieder verschwand.

Zufrieden mit ihrem Werk putzte Emily sich noch die Zähne und legte sich dann zu Lea ins Bett, die sich im Schlaf bereits quer über beide Matratzen geworfen hatte. Kaum zu glauben, dass so ein kleiner Mensch so viel Platz einnehmen konnte. Vorsichtig hob sie ihre

Tochter an und bugsierte sie auf Thorstens Seite. Zum Glück wachte Lea nicht auf und Emily ließ sich auf ihrer Seite in das Kissen sinken, wo sie innerhalb weniger Minuten eingeschlafen war.

Nicht mal drei Stunden später saß sie aufrecht im Bett. Ein ohrenbetäubender Knall hatte sie aus dem Schlaf gerissen. Kalter Schweiß trat ihr auf die Stirn und ihr Magen zog sich zusammen. Sofort dachte sie an den Wasserkasten.

Thorsten! Er war zurück! Mit angehaltenem Atem lauschte sie in die Stille. In der Wohnung regte sich nichts, doch von der Straße drangen durch das geöffnete Fenster Wortfetzen zu ihr herauf.

»... ein Idiot ...«

»... bleib stehen!«

»... Komm ... Geht uns nichts an ...«

»Nicht, dass er noch gegen uns ...«

Die Stimmen entfernten sich und es wurde wieder still. Anscheinend war der Lärm von draußen gekommen. Vielleicht ein Unfall oder so. Aber warum waren die Leute dann weitergegangen?

Emily schaute auf ihr Handy. Halb drei. Sie rieb sich über die Augen, stand auf und ging ans Fenster. Auf der gegenüberliegenden Straßenseite verschwanden in einiger Entfernung vermutlich diejenigen, deren Unterhaltung sie gerade mit angehört hatte. Ansonsten konnte sie nichts Auffälliges entdecken.

Sie wollte gerade wieder zurück ins Bett gehen, als ihr noch etwas ins Auge sprang. Erst glaubte sie, sie hätte sich getäuscht, doch dann sah sie es.

Aus dem Gebüsch, das den Spielplatz gegenüber ihrem Haus umgab, löste sich ein Schatten. Er trat auf den Bürgersteig und warf etwas in Richtung eines Autos.

Erst mit Verzögerung wurde Emily klar, dass es sich dabei um ihren Wagen handelte. Die Gestalt, die nun den Gehweg entlang rannte, hatte etwas durch das Fenster auf den Fahrersitz geworfen. Durch das Fenster, das sie zuvor eingeschlagen hatte. Die berstende Scheibe musste Emily aus dem Schlaf gerissen haben.

Emily schaute sich nach der Person um, die davongelaufen war. Von ihr war nichts mehr zu sehen. Im ersten Schreck hatte sie nicht darauf geachtet, ob es Thorsten gewesen sein könnte.

Hatte er versucht, in die Wohnung zu kommen, den Wasserkasten bemerkt und sich dann an ihrem Auto vergriffen, um es ihr heimzuzahlen? Aber was hatte er auf den Fahrersitz geworfen? War das eine Botschaft an sie? Als wäre eine eingeworfene Scheibe nicht schon genug.

Einen Moment beobachtete sie noch die Straße, dann zog sie sich etwas über und ging runter. Wer immer das gewesen war, war mittlerweile verschwunden und Emily wollte unbedingt wissen, was da auf ihrem Sitz lag, auch wenn es sich dabei wahrscheinlich nur um einen Pflasterstein oder so etwas handelte.

Zur Sicherheit tippte sie schon mal die 110 auf ihrem Handy ein, sodass sie nur noch die Anruf-Taste drücken musste. *Dir wird schon nichts passieren. Die Person ist längst weg*, sprach sie sich auf der Treppe selbst Mut zu. Außerdem klebte bestimmt die alte Grandt schon am Fenster. Lärm in zwei aufeinanderfolgenden Nächten, da war sie sicher begeistert. Vermutlich hatte sie bereits die Polizei informiert.

Als Emily auf die Straße trat, war ihr trotzdem nicht wohl. Vielleicht hätte sie doch lieber in ihrer Wohnung bleiben und von dort aus die Polizei alarmieren sollen. Mit einem unangenehmen Gefühl in der Magengegend schaute sie sich um. Die Straße lag verlassen da. Hinter den Vorhängen von Sylvia Grandts Wohnung meinte sie, eine Bewegung wahrzunehmen. Wie sie gedacht hatte: Die alte Frau war durch den Lärm wach geworden und spionierte nun sensationslüstern aus dem Fenster.

Das Gefühl, dass ihre Nachbarin sie sehen würde, gab ihr ein wenig Sicherheit. Sie nahm all ihren Mut zusammen und ging über die Straße auf ihr Auto zu. Beim Näherkommen sah sie im orangefarbenen Licht der Straßenlaternen undeutlich einen dunklen Gegenstand auf dem Fahrersitz. Er war eindeutig schwarzweiß, länglich und sah gar nicht nach dem Stein aus, den Emily vermutet hatte.

Plötzlich kam ihr ein furchtbarer Gedanke und sie blieb stehen. Konnte es sein, dass dies ... Schwarzweiß, die Form. Emily schüttelte den Kopf. Unwillkürlich schlug sie die Hände vors Gesicht. War das etwa Gismo? Hatte Thorsten ihre Katze umgebracht und ihr als makaberes Geschenk auf den Fahrersitz geworfen? Nein! Das würde er nie tun, oder doch? Sie hatte auch nicht erwartet, dass er sich nach der Trennung so uneinsichtig verhielt und ständig bei ihr vor der Tür stand, um sie anzubetteln, ihn wieder einziehen zu lassen. Und doch hatte er es getan. Aber würde er so weit gehen, einem Lebewesen etwas anzutun?

Emily zwang sich vorwärts. Je näher sie dem Auto kam, desto deutlicher zeichneten sich die Konturen ab.

Obwohl sie sich für den Anblick gewappnet hatte, stiegen ihr Tränen in die Augen und vernebelten ihr die Sicht. Bei der Fahrertür angekommen, atmete sie noch einmal tief durch und lehnte sich in den Wagen. Vorsichtig, als könnte sie es noch mehr kaputtmachen, als es schon war, hob sie das kleine Bündel aus den Scherben. Ein lauter Schluchzer entfuhr ihr, als sie erkannte, was sie in den Händen hielt.

Kapitel 13

Da ist sie. Hinter der Reihe von geparkten Wagen taucht ihre Silhouette auf, dann tritt sie ins Licht der Straßenlaterne. Mein Gott, sogar verschlafen sieht sie wunderschön aus.

Beinahe wie ein Engel.

Zumindest wie ich mir einen vorstellen würde. Ihre wilden Locken stehen unordentlich vom Kopf ab, sie hat eine Strickjacke um ihren Oberkörper geschlungen. Was sie wohl drunter trägt? In meiner Vorstellung ist es ein knappes Seiden-Negligé, vielleicht sogar halterlose Strümpfe.

Das ist lachhaft. Keine Frau trägt so etwas zum Schlafen.

Wenn ich doch nur Mutters Stimme aus meinem Kopf aussperren könnte. Sie soll mir meine Vorstellung gefälligst lassen! Es kann ihr doch egal sein. Außerdem, was weiß sie schon? Emily ist nicht wie alle anderen Frauen. Sie ist etwas Besonderes. Eine, die es nur einmal auf der Welt gibt und die man festhalten sollte, wenn man das Glück hat, sie zu besitzen. Leider war ich so dumm, das nicht zu tun. Aber dieser Fehler wird mir nicht noch mal unterlaufen.

Besitzen. Wie romantisch. Genau das, was eine Frau hören will.

Hör auf, mich einzuschüchtern. Um sie verschwinden zu lassen, stelle ich mir Mutter vor, wie sie zum Schluss war. Eine kleine schwache Frau, der ausgemergelte Körper vom Krebs zerfressen, verzweifelt darüber, dass sie in ihrem Leben nichts anderes geliebt hat als ihre Arbeit. Eigentlich bemitleidenswert, hätte sie mir nicht ihr ganzes Leben lang vorgehalten, dass ich ihre Erwartungen nicht erfülle. Egal, wie sehr ich mich angestrengt habe, für Mutter war es nie genug. Mein Notendurchschnitt hätte noch besser sein können, ich hätte noch viel mehr Zeit über den Büchern verbringen und gleichzeitig mehr im Haushalt erledigen können.

Es hat gewirkt, sie sagt nichts mehr und ich kann mich wieder auf Emily konzentrieren. Sie kommt nun über die Straße, ganz langsam und vorsichtig, als würde sie etwas Unrechtes tun.

Ihre Beine sind nackt und ihre Füße stecken in Flip-Flops – keine von Birkenstock, ganz normale. Das bedeutet also, sie trägt keine halterlosen Strümpfe, aber ein Negligé kann es trotzdem sein. Auf ihrem Gesicht spiegelt sich eine Mischung aus Angst und Neugier, die sich zu Entsetzen wandelt, als sie sich ihrem Wagen nähert.

Im Nachhinein tut es mir fast schon leid. Nicht, dass ich dieses Viech getötet habe, um ihr einen Schrecken einzujagen. Ein bisschen Strafe muss sein. Aber vielleicht ist diese Aktion hier doch zu hart. Die süße Emily mitten in der Nacht ganz alleine auf der Straße ...

Ich hätte die Botschaft auch einfach vor ihrer Wohnungstür platzieren können, damit sie sie findet, wenn sie wieder nach Hause kommt, nachdem sie Lea in den Kindergarten gebracht hat. Aber dafür ist es nun zu spät. Hätte ich doch mal eine Sekunde länger darüber nachgedacht.

Jetzt steht sie direkt vor dem Gebüsch, in dem ich mich versteckt habe, nachdem ich zurückgekommen bin, um ihre Reaktion zu beobachten. Sie ist so nah, dass ich ihren Atem hören kann. Würde ich meine

Hand ausstrecken, ich könnte ihren Oberschenkel berühren.

Es kostet mich all meine Willenskraft, es nicht zu tun.

Stattdessen beobachte ich, wie sie auf ihren Wagen zugeht und sich nach kurzem Zögern hinein lehnt. Dabei schluchzt sie laut und gequält auf. Ich lächle zufrieden. Sieht so aus, als wäre meine Botschaft angekommen.

Kapitel 14

»Sie haben die Person also nicht dabei beobachtet, wie sie Ihre Scheibe eingeworfen hat?« Der Polizist am anderen Ende der Leitung klang genervt. »Und außerdem können Sie die Person auch nicht genau beschreiben, weil Sie nicht darauf geachtet haben und es außerdem dunkel war.«

»Ja, ich habe ja erst gemerkt, dass an meinem Auto etwas ist, nachdem er ...«

»Wenn das so ist, müssen wir eine Anzeige gegen unbekannt aufnehmen«, unterbrach der Beamte sie. »Sofern es keine weiteren Zeugen gibt, verläuft das vermutlich im Sande.«

»Ich weiß ja überhaupt nicht, ob es weitere Zeugen gibt. Meine Nachbarin von unten könnte was gesehen haben. Sie ist bestimmt durch den Lärm aufgewacht.«

»Haben Sie sie schon gefragt?«

»Nein.« Emily konnte nicht fassen, wie abschätzig der Mann sie behandelte. »Bisher ging ich davon aus, dass das Ihre Aufgabe ist.«

»Es handelt sich lediglich um eine zerstörte Autoscheibe an einem einzigen Wagen. Ich sage Ihnen nur, wie die Aussichten sind, bei unseren Kapazitäten. Vermutlich war das ein dummer Streich von irgendwelchen Jugendlichen.«

»Aber die Scheibe ist doch nicht alles.«

»Sind noch mehr Fahrzeuge beschädigt?«

»Nicht dass ich wüsste. Aber der Täter hat mir eine tote Elster auf den Fahrersitz gelegt. Und soweit ich weiß, ist das ein Verstoß gegen das Tierschutzgesetz.«

Emily musste heftig schlucken, da sie es davon abgesehen als direkte Drohung gegen sich selbst auffasste. Sie war zwar erleichtert, dass es sich, anders als befürchtet, bei dem leblosen Bündel nicht um Gismo gehandelt hatte, aber das Tier tat ihr dennoch unendlich leid.

»Eine tote Elster?«, wiederholte der Polizist gedehnt. Nun schien er doch hellhörig geworden zu sein, jedenfalls hoffte Emily das.

»Ganz genau. Wer ist bitte schön so krank und tut so etwas?«

»Und Sie sind sich sicher, dass jemand das Tier reingeworfen hat?«

»Soll es vielleicht von allein reingeflogen sein, nachdem es sich zuvor das Genick gebrochen hat?« Hielt dieser Typ sie eigentlich für völlig unterbelichtet?

»Möglicherweise wurde der Vogel aufgeschreckt, zum Beispiel von dem Knall, von dem Sie berichtet haben. Dann ist er in Panik losgeflattert und geradewegs in das Seitenfenster Ihres Fahrzeugs. Sie würden nicht glauben, wie häufig es vorkommt, dass Tauben durch ein Fenster krachen.«

Emily musste zugeben, dass diese Erklärung gar nicht so dumm klingen würde, wenn man ignorierte, dass Vögel nachts schliefen. Davon abgesehen hatte sie mit eigenen Augen gesehen, dass es nicht so passiert war. Sie erklärte dem Beamten, was sie beobachtet hatte und erwähnte auch, dass ihre Katze verschwunden war.

Einen Moment lang war es still am anderen Ende der Leitung. Anscheinend sah er nun ein, dass es sich bei der Sache nicht um einen dummen Streich handelte, sondern um eine Aktion, die gezielt gegen Emily gerichtet war. Um ihn vollends zu überzeugen, berichtete sie, wie Thorsten vorletzte Nacht bei ihr eingestiegen war.

»Sie leben also nicht mehr zusammen?«

»Ja, wir haben uns vor einigen Monaten getrennt«, antwortete sie. »Besser gesagt, ich habe ihn rausgeworfen. Er hat mich betrogen.«

Emily wusste selbst nicht, warum sie dem Polizisten das erzählte. Mittlerweile war sie darüber hinweg. Das Gefühl jedoch, als sie das Foto in ihrem Mailfach gefunden hatte, war immer noch präsent. Die Nachricht war selbstverständlich anonym versendet worden, vermutlich von seiner Affäre, die mehr wollte, als er zu geben bereit war. Emily hatte Thorsten immer vertraut, was sie bei seinem Job auch musste, denn er war oft auf Geschäftsreise. Umso mehr war dieser Betrug für sie wie ein Schlag ins Gesicht gewesen. Noch viel schlimmer war, dass er bis heute abstritt, je eine Affäre gehabt zu haben. Anstatt zu seinem Fehltritt zu stehen, behauptete er steif und fest, dass das Foto nicht echt war. Unter diesen Umständen war Emily nicht bereit, an ihrer Beziehung zu arbeiten, gemeinsame Tochter hin oder her.

»Und in dieser Woche hat er Post von meinem Anwalt bekommen, eine Trennungsvereinbarung«, sagte Emily, da keine Reaktion erfolgte. »Seitdem scheint er völlig durchzudrehen.«

»Haben Sie den Einbruch gemeldet?«

»Nein. Bis zu dem Vorfall mit meinem Auto habe ich der Sache keine große Bedeutung zugemessen. Außerdem war es kein wirklicher Einbruch. Er hat noch einen Schlüssel.«

Der Beamte gab einen missbilligenden Ton von sich.

»Er hat ihn trotz mehrmaliger Aufforderung bisher nicht rausgerückt«, fügte Emily schnell hinzu, bevor er ein harmloses Beziehungsdrama vermutete. Das hier war ernster. Wenn Thorsten – falls er es wirklich war – bereit war, das Leben eines Tieres zu beenden, um ihr eins reinzuwürgen, dann nahm sein Verhalten bedrohliche Züge an.

»Nun gut. Die Sache scheint etwas komplizierter zu sein, als es sich auf den ersten Blick darstellte. Ich würde Sie bitten, zur nächstgelegenen Polizeistation zu fahren und dort eine Aussage zu machen. Die werden Ihre Anzeige dann aufnehmen.«

Emily seufzte. Sie hatte gehofft, dass jemand vorbeikommen würde, der sich ihr Auto ansah und ihr vielleicht auch noch den ein oder anderen Hinweis gab, wie sie sich vor weiteren Übergriffen schützen konnte. Anscheinend wollte der Beamte sie bloß schnell loswerden und nichts mit diesem Fall zu tun haben.

Da sie keine Lust hatte, sich weiterhin wie eine Idiotin behandeln zu lassen, beendete sie das Gespräch. Sie schaute auf die Uhr. Es war jetzt halb elf, ihr blieben also noch etwas mehr als zwei Stunden, bis sie den Bericht in der Redaktion abliefern musste. Da sie die zweite schlaflose Nacht in Folge dafür genutzt hatte, alles fertigzustellen, blieb ihr jetzt noch ein wenig Zeit, sich auszuruhen. Ein ordentlicher Powernap würde sie über den Tag retten. Früher als Studentin war sie ein Nachtmensch gewesen und hatte wenig Probleme damit gehabt, auch mehrere Tage hintereinander mit gerade mal zwei oder drei Stunden Schlaf auszukommen. Je älter sie jedoch wurde, desto mehr Schlaf schien sie zu brauchen.

Emily hatte sich kaum aufs Sofa gelegt, als es an ihrer Wohnungstür klingelte. Seufzend stand sie wieder auf und schaute durch den Spion. Jannes stand vor der Tür. Kurz überlegte sie, ob sie einfach nicht aufmachen sollte, doch vermutlich hatte er sie dank der knarrenden Dielen längst gehört.

»Hey, oh, habe ich dich geweckt?« Jannes setzte eine entschuldigende Miene auf.

»Nein! Man mag es kaum glauben, obwohl ich zu Hause bin, arbeite ich durchaus.« Emilys Stimme klang gereizt und das war sie auch. Warum verbanden die meisten das Arbeiten im Homeoffice mit Ausschlafen und Kaffee im Bett? Sie arbeitete genauso viel wie jeder andere, der morgens ins Büro fuhr. Vielleicht sogar noch mehr, weil sie sich wenig Pausen gönnte und auch mal abends oder am Wochenende noch etwas fertig machte, wenn andere längst Feierabend hatten.

»Sorry, ich wollte dich nicht beleidigen. Du siehst einfach so müde aus.«

Emily winkte ab. »Das bin ich auch. Nach der Nacht ...«

»Was war denn los?«, fragte Jannes neugierig.

»Du hast also gar nichts mitbekommen?«

Jannes zuckte mit den Schultern. Er senkte seine Stimme. »Habe mir gestern Abend einen CBD-Blunt gedreht. Hast du schon davon gehört? Legales Gras, ohne THC. Danach schläfst du wie ein Baby.«

Bei dem Ausdruck musste Emily grinsen. Sie dachte zurück an die Zeit, als Lea ein Baby gewesen war und wie sie und Thorsten durch die Wohnung geschlichen waren, da sie bei jedem kleinsten Geräusch aus dem Schlaf hochschreckte. Wenn man ihre Tochter als

Maßstab nahm, stimmte rein gar nichts an dem Sprichwort.

»Willst du mich noch länger auf die Folter spannen oder verrätst du mir, was los war?«

Emily erzählte ihm, was mit ihrem Auto passiert war. Die Sache mit Gismo verschwieg sie natürlich, es brauchte keiner der Nachbarn zu wissen, dass sie gegen die Hausregeln verstoßen hatte.

Zu ihrer Beruhigung reagierte er nicht so desinteressiert wie der Polizist am Telefon. »Oh Shit. Das ist ja völlig krank. Ich meine, niemand kann diese biestigen Elstern leiden, aber deswegen eine umzubringen? Das hat kein Tier verdient.«

»Und vor allem, sie mir ins Auto zu werfen ... Irgendwie werde ich das Gefühl nicht los, dass das eine Botschaft an mich war.«

»Bleibt die Frage, von wem. Wenn ich ehrlich bin, ist mir da gestern so ein Typ aufgefallen, der ständig auf der Straße rumlungerte.«

»Ein Typ?« Emilys Müdigkeit war wie weggefegt. »Wie sah er denn aus?«

»Hm. Normal, würde ich sagen. In etwa so groß wie ich, schlaksig. Hatte Arbeitsklamotten an. Zuerst dachte ich, es wäre ein Handwerker, der eine Adresse sucht. Aber eine halbe Stunde später stand er immer noch einfach nur da rum.«

»Ah, okay.« Emily konnte die Enttäuschung in ihrer Stimme nicht verbergen. Das klang nicht nach Thorsten. Einerseits war das beruhigend, andererseits hieß es wohl, dass es jemand anderes auf sie abgesehen hatte, was die Sache noch beängstigender machte. Wäre es Thorsten gewesen, hätte sie zumindest gewusst, mit wem sie es zu tun hatte. »Aber du bist bestimmt nicht gekommen, um mit mir über gestern zu plaudern, oder?« Auf einmal hatte sie keine Lust mehr, sich hier vor ihrer Tür mit ihm zu unterhalten.

»Es ist immer nett, mit dir zu reden, aber du hast recht.« Jannes griff nach hinten und zog etwas aus seiner Hosentasche. »Eigentlich wollte ich dir den Brief bringen.«

Emily nahm ihn entgegen und betrachtete den Umschlag. Er kam von ihrem Anwalt, den sie wegen der Scheidung von Thorsten engagiert hatte, und war aufgerissen.

»Deswegen wollte ich ihn dir nicht einfach vor die Tür legen. Ich habe ihn aus Versehen geöffnet. Aber ich habe ihn nicht gelesen, das schwöre ich. Sorry, wirklich.«

»Ah.« *Aus Versehen.* So wie jemand gestern ihre gesamte Post geöffnet und sie ihr danach in den Briefkasten geworfen hatte.

»Vielen Dank jedenfalls«, murmelte sie und schloss die Tür vor seiner Nase.

Dann zog sie das Schreiben aus dem Umschlag. Es handelte sich nur um eine Rechnung für ihr letztes Beratungsgespräch. Immer noch keine Information darüber, dass er die Trennungsvereinbarung rausgeschickt hatte. Sie musste sich wohl nach einer anderen Kanzlei umsehen.

Das Schreiben beinhaltete zwar keine persönlichen Informationen, trotzdem war es ihr unangenehm, dass Jannes einen solchen Einblick in ihr Leben hatte. Sie glaubte ihm kein Wort, dass er den Brief nicht gelesen hatte. Neugierde war doch ganz natürlich, und wenn

Menschen Post von einem Anwalt bekamen, war die bestimmt besonders groß. War er das mit den anderen Briefen etwa auch gewesen? Aber warum hätte er ihr diesen hier dann extra rüberbringen sollen? Um den Verdacht von sich abzulenken, weil er genau mit dieser Überlegung rechnete?

Emily schüttelte den Kopf. Das führte zu nichts, sie würde es nicht herausfinden. In letzter Zeit geschahen zu viele unerklärliche Dinge. Sie hörte, wie Jannes rüber zu seiner Wohnung ging.

»Huch, wo willst du denn so schnell hin?«, fragte er. Dann erklang ein zaghaftes Miauen. Sofort riss Emily die Tür auf und tatsächlich: Vor ihr auf der Fußmatte hockte Gismo.

»Oh mein Gott, da bist du ja wieder!«

Fassungslos starrte Emily zwischen ihrem Kater und Jannes hin und her. Gismo war eindeutig aus seiner Wohnung gekommen, so viel war klar.

»Ach, das ist deine?«

»Worauf du dich verlassen kannst. Und ich frage mich, was er bei dir drüben macht.« Gismo war inzwischen in die Küche spaziert und motzte lautstark herum. Er musste riesigen Hunger haben.

»Ich habe den kleinen Kerl völlig verängstigt im Keller gefunden und ihn mit nach oben genommen. Weil bei uns keine Tiere erlaubt sind, bin ich nicht davon ausgegangen, dass er zu jemandem aus dem Haus gehört.«

Emily schaute Jannes finster an. Folgte er ihr nicht auf Instagram? Dann hätte er doch eigentlich ihren Post sehen müssen. Sie nahm sich vor, das später zu überprüfen. *Vielleicht bist du auch in meine Wohnung einge-*

stiegen und hast ihn mitgenommen. Auch wenn sie keine Erklärung dafür hatte, warum Jannes so etwas tun sollte, das hier waren eindeutig zu viele Zufälle.

Kapitel 15

Eine Schweißperle löst sich aus meinem Haaransatz und rinnt mir die Schläfe runter. Ich wische sie mit dem Handrücken weg. Aus dem Augenwinkel sehe ich, wie die Tür zu Emilys Haus aufgeht, sie erscheint auf dem Gehweg.

Umwerfend sieht sie wieder aus, in dem hauchdünnen Sommerkleid, unter dem ihre Kurven perfekt zur Geltung kommen. In meiner Vorstellung gehe ich zu ihr rüber, umarme sie, spüre ihre warme Haut an meiner. Natürlich trägt sie weder BH noch Höschen, was ich durch den zarten Stoff erahnen kann. Unauffällig streife ich mit dem Finger ihre Brust, was ein Lächeln auf ihr Gesicht zaubert.

Lass uns nach oben gehen, flüstert sie mir verführerisch zu.

Bald, meine süße Emily, sehr bald gehörst du mir. Und dann wirst du sehen, dass kein Mann dich je so lieben kann wie ich.

Emily wirkt nervös, sie schaut sich um. Dabei geht ihr Blick auch kurz in meine Richtung. Ich widerstehe dem Drang, mich wegzuducken.

Na, fühlst du dich verfolgt? Meine Botschaft zeigt wohl Wirkung. *Das wird dir eine Lehre sein, dich auf offener Straße mit anderen Männern zu vergnügen.* Würde mich nicht wundern, wenn sie so gestresst ist, dass sie sich mit ihrem neuen Lover streitet.

Weil ihr jemand die Autoscheibe eingeworfen und ein totes Tier auf den Fahrersitz gelegt hat? Du hast wirklich so gar keine Ahnung von Frauen. Das sorgt eher dafür, dass sie sich in seine Arme flüchtet, damit er sie beschützt.

Ich bin dazu übergegangen, Mutters Stimme einfach zu ignorieren. Sie will mir alles madig machen, wie sie es schon mein ganzes Leben lang getan hat. Aber so kurz vor dem Ziel werde ich mich durch sie nicht verunsichern lassen. Im Endeffekt ist es auch egal, ob Emily sich nun mit dem Hipster streitet oder sich in seine Arme wirft. Es ist nur noch eine Frage der Zeit, bis das vorbei ist. Weder Mutter noch ein anderer Mann kann mich davon abhalten, dafür zu sorgen, dass Emily für den Rest unseres Lebens bei mir sein wird.

Nachdem sie die Scherben vom Fahrersitz gefegt hat, steigt Emily in ihr Auto und fährt los. Ich starte den Motor und folge ihr in gebührendem Abstand. Sie bewegt sich auf der Prenzlauer Allee in Richtung Südwesten. Bestimmt will sie zum Sendezentrum des RBB. Donnerstags ist sie öfter dort.

Ich behalte recht. Nach qualvollen vierzig Minuten durch den Stadtverkehr – Berlin ist um diese Jahreszeit vollgestopft mit Touristen – erreicht sie ihr Ziel.

Nun muss ich entscheiden, was ich jetzt mache. Ich könnte hier warten und sehen, was sie sonst noch so vorhat. Oder ich drehe sofort um und fahre zurück. Mir bliebe bestimmt eine halbe Stunde, schon mal ein paar Dinge aus ihrer Wohnung mitzunehmen. Wenn es so weit ist, möchte ich ihr und der kleinen Lea die Umstellung so einfach wie möglich machen.

Kapitel 16

Emily entdeckte eine freie Parklücke. Sie setzte den Blinker, legte den Rückwärtsgang ein und fuhr an. Im nächsten Moment krachte es. Erschrocken stieg Emily auf die Bremse. Wo zum Teufel war dieser Lieferwagen so plötzlich hergekommen?

»Scheiße«, fluchte sie und schaltete den Motor aus. Das hatte ihr gerade noch gefehlt.

Der Fahrer war schon ausgestiegen und begutachtete mit in die Hüfte gestemmten Händen seine Stoßstange.

»Es tut mir unendlich leid. So ein Mist«, sagte Emily.

Der Mann drehte sich zu ihr um. Seltsamerweise breitete sich ein Lächeln auf seinem Gesicht aus. Emily kannte ihn, es war der Getränkelieferant vom RBB und sie grüßten sich immer freundlich, wenn sie sich im Sender begegneten.

»Oh Mann, das ist mir wirklich peinlich. Ich weiß nicht, wo ich mit meinen Gedanken war.« Emily rang die Hände.

»Quatsch, das kann doch jedem mal passieren. Ich glaube, dein Auto hat es schlimmer erwischt als meins.« Er deutete auf seine Stoßstange, wo nur ein leichter Kratzer zu sehen war. »Das wird dem Chef vermutlich nicht mal auffallen, wenn ich nichts sage.«

»Aber ... das kann ich auf keinen Fall verlangen. Ich rufe meine Versicherung an.«

Der Mann hielt sie am Arm zurück, als sie sich zu ihrem Wagen drehen wollte, um ihr Handy zu holen. »Du verlangst es ja auch gar nicht. Ich habe das selbst so entschieden.«

»Also gut. Aber ich will auf keinen Fall, dass Sie ... dass du Ärger mit deinem Chef bekommst.«

»Lass das mal meine Sorge sein. Als Wiedergutmachung könntest du mich allerdings auf einen Kaffee einladen. Ich habe nämlich gerade Pause und auf den Schrecken können wir beide einen vertragen.«

Emily sog die Luft durch die Zähne ein und schaute auf die Uhr. Noch zwanzig Minuten bis zu ihrem Termin.

»Wenn es dir gerade nicht passt ...«

»Nein, nein. Schon gut«, wiegelte sie ab. Sie wollte den Mann auf keinen Fall vor den Kopf stoßen, wenn er ihr schon so entgegenkam. »Eine Viertelstunde habe ich noch. Ich versuche nur gerade, den Wagen ohne weitere Zwischenfälle zu parken.«

Sie setzten sich in den Außenbereich der RBB-Kantine, der direkt an der Straße lag. Emily bestellte zwei Cappuccino und kam mit den Pappbechern an den Tisch.

»Du erkennst mich immer noch nicht, oder?«, fragte der Mann.

Emily zog die Augenbrauen zusammen und schaute ihn fragend an. »Du bist der Getränkelieferant«, sagte sie langgezogen.

Er lachte, wobei seine blauen Augen blitzten. »Das ist korrekt. Benjamin.« Förmlich hielt er ihr seine Hand hin und nahm die Kappe vom Kopf, als sie die Hand ergriff.

»Emily«, entgegnete sie.

»Ich weiß.«

Woher wusste der Typ ihren Namen? Sie hatte im Sender kein eigenes Büro und war so selten hier, dass sie ihn bisher vielleicht zwei- oder dreimal gesehen hatte.

»Okay, du scheinst dich nicht zu erinnern«, sagte er und in seinem Gesicht spiegelte sich Enttäuschung. »Wir sind zusammen zur Schule gegangen. Benjamin Lenz, Parallelklasse?«

Emily kniff die Augen zusammen und durchforstete ihr Gehirn nach einem passenden Gesicht zu dem Namen. Es klingelte nichts.

»Bis Ende der zehnten, dann habe ich die Schule gewechselt.«

Emily nickte und lächelte freundlich. Sie wollte ihn nicht enttäuschen.

»Jetzt ist dir ein Licht aufgegangen, oder?« Wieder lachte er.

»Scheiße, ja. Das ist vielleicht ein Zufall. Komisch, dass ich dich nicht gleich erkannt habe.« Das war eine Lüge, denn nicht mal jetzt, obwohl sie wusste, wer er war, konnte sie sein Gesicht einordnen. Tatsächlich konnte sie sich nicht mal daran erinnern, wie Benjamin damals ausgesehen hatte.

»Kein Problem. Man rechnet ja auch nicht damit, dass ein ehemaliger Mitschüler einem die Getränke liefert.« Benjamin nippte an seinem Pappbecher. Sein Blick ging einen Moment ins Leere. »Mensch, wie lange ist das her, dass wir uns zum letzten Mal gesehen haben? Fast fünfzehn Jahre, oder?«

Emily konnte sich weiß Gott nicht erinnern, aber das würde sie ihm sicher nicht auf die Nase binden. »Bestimmt. Vielleicht noch länger, wenn du nach der zehnten Klasse abgegangen bist.« Sie nickte. »Du hast dich ganz schön verändert«, fügte sie hinzu, in der Hoffnung, dass es stimmte. Hoffentlich wollte er jetzt nicht über alte Zeiten reden.

»Deswegen hast du nie was gesagt. Wenn wir uns hier über den Weg gelaufen sind, habe ich immer gewartet, dass es *klick* bei dir macht.«

»Echt witzig, dass es mir nie aufgefallen ist. Ich bin immer ziemlich in Eile, wenn ich im Sender bin. Und man erwartet ja nicht unbedingt jemanden von damals.«

»Wie ist es dir so ergangen die letzten Jahre? Verheiratet?«

»Ja.« Das war keine wirkliche Lüge, maximal die Halbwahrheit. »Außerdem Mutter einer glücklichen Tochter. Und du?«

»Hör mir auf. Bloß nicht. Ich hab keine Lust, unterm Pantoffel zu stehen, du verstehst?« Er hob entschuldigend die Hände und zwinkerte ihr zu. »Nichts gegen Frauen, wenn du weißt, was ich meine. Dem schönen Geschlecht bin ich nicht abgeneigt.«

Emily drehte sich bei seiner chauvinistischen Art der Magen um. Wenn er damals schon so gewesen war, wusste sie, warum sie seine Existenz verdrängt hatte.

»Krasse Sache, echt. Ist ein bisschen wie ein Klassentreffen, findest du nicht? Man fühlt sich total in die Vergangenheit zurückversetzt.«

»Mmh.« Sie nickte höflich und hoffte, dass die Minuten schnell vergingen. Warum zum Teufel hatte sie ihm vorhin nur gesagt, wie viel Zeit ihr noch bis zu dem Meeting blieb?

»Ich war echt überrascht, als ich dich das erste Mal hier gesehen habe. Bist ganz schön die Erfolgsleiter hochgeklettert, hm? Arbeit bei einem Fernsehsender.

Ich hab damals schon gedacht, dass du dich gut als Moderatorin oder so machen würdest mit deinem hübschen Gesicht.«

Emily winkte ab. »Ich sitze nur in der Redaktion. Nichts, wo ich vor der Kamera stehe.«

»Na ja, im Gegensatz zu mir hast du wenigstens einen coolen Job. Und gut gehalten hast du dich auch.«

Eine unangenehme Pause entstand, da Emily nicht wusste, was sie darauf sagen sollte. Mit einem Mal kam sie sich alt vor, wenn sie an die Falten um ihre Augen dachte, die sich immer dann besonders abzeichneten, wenn sie lachte.

Erst vor Kurzem hatte sie ein erstes graues Haar entdeckt. Anfang dreißig, das war bald Geschichte. Benjamin hingegen schien irgendwie alterslos zu sein, zwischen fünfundzwanzig und vierzig wäre seinem Aussehen nach alles möglich. Sie schwenkte den Cappuccino in ihrem Becher herum und beobachtete das Muster, das der Kakao auf dem Milchschaum zog. Das peinliche Schweigen zog sich immer länger hin.

Zum Glück kam in diesem Moment Hagen vorbei, der ebenfalls zu dem Termin mit der Sendeleitung wollte. Er trug ein rosafarbenes T-Shirt und hielt Händchen mit einem jung aussehenden Kerl, vermutlich ein Praktikant von der Uni. Der Kameramann ließ wirklich nichts anbrennen.

»Hey, Hagen.« Emily stand auf, dann schaute sie Benjamin entschuldigend an. »Sorry, aber da ist mein Kollege, wir haben jetzt einen Termin. Vielen Dank noch mal für deine Kulanz.«

Benjamin machte ein enttäuschtes Gesicht. »O, jetzt schon? Schade.«

Emily verdrehte innerlich kurz die Augen. Sie hatte ihm gesagt, dass sie nicht viel Zeit hatte.

Benjamin stand ebenfalls auf. »Vielleicht können wir ja Telefonnummern tauschen. Oder bist du auf Facebook? So könnten wir in Kontakt bleiben und mal über damals reden ...«

»Ja, Facebook«, würgte Emily ihn ab. »Ich bin wirklich in Eile. Adde mich einfach, okay?« Das war ihr allemal lieber, als ihm ihre Telefonnummer zu geben oder seine anzunehmen. Sie verabschiedete sich und stürmte zu Hagen, der am Eingang des Gebäudes auf sie wartete.

Als sie außer Sichtweite von Benjamin waren, stieß ihr Kollege sie grinsend mit dem Ellenbogen an. »Na, schaust du dich so um, was auf dem Markt geht?«

»Puh, hör mir auf. Ich bin ihm beim Einparken ans Auto gefahren und dann stellt sich heraus, dass er wohl mit mir auf der Schule war.« Sie zuckte mit den Schultern. »Natürlich hab ich mich nicht an ihn erinnert. Hätte noch ganz schön unangenehm werden können, die Unterhaltung, aber zum Glück hast du mich gerettet.«

»Ein solches Prachtstück aus deiner Schulzeit hast du vergessen?«, fragte Hagen mit gespieltem Entsetzen.

Emily verzog das Gesicht. »Als ein *Prachtstück* würde ich ihn nun wirklich nicht bezeichnen.«

»Ich würde den nicht von der Bettkante stoßen.«

Wen würdest du schon davon runterstoßen?, dachte Emily und musste grinsen. »Wegen mir kannst du ihn gerne haben.«

Ihr Handy klingelte. Die Nummer sagte ihr nichts. Sie nahm den Anruf entgegen.

»Leg bitte nicht gleich auf«, sagte eine Frauenstimme am anderen Ende der Leitung.

»Wer ist da?«

»Larissa.«

Ungläubig starrte Emily das Telefon in ihrer Hand an. Woher hatte bitte schön Thorstens Affäre ihre Nummer und wie kam sie auf die wahnwitzige Idee, bei ihr anzurufen? Schickte Thorsten jetzt schon sie vor? Was versprach er sich davon? »Was willst du?«, zischte sie.

»Bleib cool, okay? Ich wollte dich nur fragen, ob du in den letzten Tagen was von Thorsten gehört hast.«

Emily wusste nicht, ob sie lachen oder ausrasten sollte. Was fiel dieser bescheuerten Tussi ein, sie zu belästigen? »Läuft wohl nicht so bei euch, hm?«

»Zwischen uns läuft gar nichts, aber das hat er dir ja schon oft genug klarzumachen versucht.«

»Jetzt geht das wieder los. Schickt er dich jetzt vor, weil ich keine Lust mehr habe, mir die Lügen von ihm anzuhören?« Hagen schaute Emily fragend an und sie verzog das Gesicht zu einer Grimasse.

»Hör mal, darum geht es gerade nicht, okay? Thorsten ist seit ein paar Tagen nicht auf der Arbeit aufgetaucht und ich mache mir langsam Sorgen. Es steht ein wichtiger Abschluss an und es sieht ihm gar nicht ähnlich, dass er kurz davor einfach untertaucht. Ich dachte, wenn etwas passiert ist, wüsstest du sicher Bescheid.«

»Nun, ich weiß nichts. Tut mir leid. Und jetzt muss ich weiter.« Ohne eine Antwort abzuwarten, unterbrach Emily die Verbindung.

Was war das denn für eine Nummer, die Thorsten da schon wieder abzog? Sie dachte daran, dass er seit zwei

Tagen auf keinen ihrer Anrufe reagiert hatte. Wollte er, dass sie sich Sorgen um ihn machte, damit sie ihm erleichtert um den Hals fiel, wenn er dann plötzlich wohlbehalten wieder auftauchte? War er deshalb in ihre Wohnung eingestiegen und hatte die Sache mit dem Auto durchgezogen? Um sie davon zu überzeugen, wie sehr sie doch einen starken Mann an ihrer Seite brauchte, und sich dann rarzumachen?

Wenn er glaubte, dass er sie so zurückgewinnen konnte, hatte er sich aber ordentlich geschnitten. Sie brauchte ihn ganz bestimmt nicht, da konnte er sich noch so bemühen, ihr Angst einzujagen.

Kapitel 17

Natürlich hatte Emily Thorsten letzten Endes doch angerufen. Jedoch nur, um ihm die Meinung zu geigen, zumindest redete sie sich das ein. Sein Handy war den ganzen Abend ausgeschaltet gewesen und auch jetzt erreichte sie nur die Mailbox. Sie überlegte, wann sie zuletzt mit ihm gesprochen hatte. Es dürfte Dienstag gewesen sein, als sie darüber gestritten hatten, ob er ihre Wäsche geklaut hatte. Heute war Freitag, das Gespräch war also vier Tage her.

War das wirklich nur ein Spiel von ihm oder hatte er sich nach dem Telefonat womöglich etwas angetan? Aber wer war dann Dienstagnacht in ihrer Wohnung gewesen? Der Eindringling hatte definitiv einen Schlüssel gehabt. Sie dachte an Jannes und die Nummer mit dem Brief. Da er im selben Haus wohnte, war nicht auszuschließen, dass er irgendwie an einen Schlüssel für ihre Wohnung gekommen war. Außerdem war Gismo bei ihm gewesen, einen ganzen Tag lang, ohne dass er auf die Idee gekommen wäre, bei ihr nachzufragen, wem diese Katze gehörte.

Sie erinnerte sich, dass sie nachschauen wollte, ob er ihr auf Instagram folgte, und holte ihr Handy raus. Tatsächlich hatte er sie abonniert. Sie klickte auf sein Profil. Neben ihr folgte er knapp viertausend anderen Accounts. War es möglich, dass er in der Flut der täglichen Posts auf Instagram ihren zu Gismo übersehen hatte? Gefühlt klickte er bei jedem ihrer Fotos früher oder später auf *Gefällt mir*. Wie lange es wirklich dauerte, konnte sie ganz einfach testen: Sie würde später ein

Foto vom Ergebnis ihres Friseurbesuchs posten und genau beobachten, ob er reagierte und wie viel Zeit bis dahin verging.

Die Vorstellung, dass es sich bei dem nächtlichen Eindringling um Jannes handeln könnte, bereitete Emily eine Gänsehaut.

Sie rief sich den Moment in Erinnerung, als Lea ins Schlafzimmer gekommen war. Hatte sie selbst gesagt, dass Papa im Flur stand, oder war es Emilys Versuch gewesen, ihre Tochter und sich zu beruhigen? Sie wusste es nicht mehr. Jedenfalls war es seltsam, dass Thorsten nicht auf ihre Anrufe reagierte, nicht mal, um abzustreiten, dass er derjenige gewesen war. Das sah ihm so gar nicht ähnlich.

Kurzerhand wählte sie Julias Nummer. Thorsten wusste natürlich von der bevorstehenden Hochzeit und war offiziell nicht ausgeladen. Vielleicht hatte ihre Freundin diese Woche etwas von ihm gehört.

»Gut, dass du anrufst«, wurde sie begrüßt. Noch bevor Emily ihr Anliegen mitteilen konnte, plapperte Julia munter drauflos. Seit diese verdammte Hochzeit näher rückte, hatte sie nichts anderes im Kopf. »Du glaubst ja nicht, was gerade passiert ist. Ich habe mich mit Sebastian in die Haare gekriegt.«

»Das gibt's ja nicht. Ausgerechnet am Abend vor dem großen Tag?« Emily konnte nicht anders, als einen gewissen Sarkasmus in ihren Tonfall zu legen, den Julia aber nicht zu bemerken schien. Emily würde wohl nicht drum herumkommen, sich zuerst anzuhören, was vorgefallen war.

»Ja, ist das zu fassen?«

»Worum ging es?« Die Friseurin kam und checkte,

wie gut Emilys Haare das Färbemittel angenommen hatten. *Noch zehn Minuten,* signalisierte sie ihr.

»Er ist gerade losgezogen zu einer Sauftour mit seinen Jungs. ›Junggesellenabschied‹ hat er es genannt, er wäre überrascht worden.« Julia lachte abfällig. »Ist ja nicht so, als wären wir nicht standesamtlich schon längst verheiratet. Was er da noch für ein Junggeselle sein soll, frage ich mich. Wenn der morgen zu spät oder völlig verkatert vor dem Altar auftaucht ... Aber sag mal, warum rufst du an? Bist du mit dem Spiel so weit?«

»Ja«, log Emily. Sie wollte sich jetzt nicht rechtfertigen, warum sie bisher nicht dazu gekommen war, sich darum zu kümmern. »Eigentlich wollte ich nur kurz fragen, ob du in den letzten Tagen was von Thorsten gehört hast.«

»Von deinem Mann? Nein, der meldet sich doch nicht mehr bei mir, seit ihr getrennt seid. Und mit Sebastian hat er auch nicht wirklich was zu tun. Du musst dir keine Sorgen machen, der taucht bestimmt nicht auf der Feier auf.«

»Darum geht es mir nicht. In letzter Zeit sind hier einige seltsame Dinge geschehen und ich glaube, dass er damit zu tun hat. Allerdings erreiche ich ihn seit ...«

»Ach, der ist doch völlig am Abdrehen, seit du ihn rausgeworfen hast«, wurde sie von Julia unterbrochen. »Blöd für ihn, dass er jetzt erst merkt, was er an dir hatte. Das hätte er sich früher überlegen sollen.«

»Das Ganze nimmt aber mittlerweile völlig andere und ziemlich krasse Züge an. Und wie ich gerade versucht habe zu sagen, er reagiert überhaupt nicht auf meine Anrufe.«

»Torschlusspanik«, lautete Julias prompte Antwort. Anscheinend hatte sie beschlossen, sich Emilys Sorgen nicht anzuhören. »Meine anstehende Hochzeit erinnert ihn vermutlich daran, wie schön doch eine funktionierende Ehe ist.«

»Nein, das ist es nicht ...«

»Apropos Ehe, ich muss dich auch schon wieder abhängen. Hier gibt es noch einiges zu erledigen und meine Nägel sind auch noch nicht lackiert. Das sage ich dir, ich wünschte, ich hätte mich nicht in so eine große Feier reindrängen lassen. Wir reden morgen, okay?« Damit hatte sie auch schon aufgelegt und Emily blieb allein mit den Fragen in ihrem Kopf zurück.

Kapitel 18

Zufrieden schaue ich auf mein Tagewerk. Der Geruch von meinem Schweiß und Tapetenkleber liegt in der Luft. Es ist stickig hier drin, aber das lässt sich jetzt nicht mehr ändern. Vielleicht investiere ich noch in eine kleine Klimaanlage, Emily zuliebe. Es soll ihr schließlich gut bei mir gehen.

Ich bin nicht so weit gekommen, wie ich mir vorgenommen hatte, woran Emilys kleines Malheur schuld ist. Klar, ich hätte einfach fahren können, um meinen Plan durchzuziehen. Schon mal in Ruhe ein paar Dinge aus ihrer Wohnung mitgehen lassen und mich noch am Vormittag den weiteren Umbauten widmen. Aber wie hätte ich sie denn in dieser dummen Situation allein lassen können?

Alles Ausreden!, nörgelt Mutter. *Du warst schon immer groß darin, dich vor deinen eigentlichen Aufgaben zu drücken.*

Es sind überhaupt keine Ausreden. Meine Prioritäten liegen eben woanders und im Endeffekt habe ich alle Zeit der Welt. Erst recht jetzt, wo ich weiß, dass der Hipster gar nicht Emilys neue Flamme ist. Ich habe nämlich gesehen, wie er angelaufen kam in seinem rosafarbenen Poloshirt, Hand in Hand mit so einem jungen Typen.

Der Hipster ist eine Scheißschwuchtel und stellt somit keinerlei Gefahr für mich dar. Warum Emily sich von ihm hat betatschen lassen, ist mir zwar ein Rätsel, aber sei's drum. Dass wildfremde Männer meine Süße anfassen oder sie auch nur zu Gesicht bekommen, ist bald Geschichte.

Ihr zukünftiges Zuhause ist fast fertig. Mein ehemaliges Kinderzimmer habe ich zu einer fensterlosen Kammer ohne Fluchtweg umgebaut. Das war einfacher, als ich befürchtet hatte.

Mit ein paar Pressspan- und Gipskartonplatten sowie etwas Raufasertapete sieht man fast gar nicht, dass dieses Stück Wand vorher nicht existiert hat. Wer nicht weiß, dass sich dahinter ein Fenster befindet, wird unmöglich auf die Idee kommen, dort zu suchen. Wobei Emily ohnehin nicht daran denken wird, auszubrechen, sofern mein Plan aufgeht. Sie würde doch niemals die kleine süße Lea allein lassen, oder? Schließlich ist sie eine bessere Mutter als meine es war.

Meine alten Möbel habe ich komplett rausgeräumt, Emily hat etwas Besseres verdient. Ein neues Bett habe ich bereits besorgt, das werde ich morgen aufbauen. Vielleicht schon heute Abend, wenn ich mich ein wenig ausgeruht habe. Mal sehen. Viel mehr braucht es nicht, die Kammer soll ja nur eine Übergangslösung sein. Es fehlt nur noch der Monitor, auf den die Bilder der Kameras aus Leas Zimmer übertragen werden. Davor graut mir, denn Technik war noch nie so meins. Ich möchte mir nur ungern Hilfe holen müssen, denn verständlicherweise soll niemand von meinem Vorhaben erfahren.

Die Sache mit der Fotomanipulation, bei der mir ein ehemaliger Kommilitone mit Photoshop ausgeholfen hat, war etwas anderes. Emily ist auf dem Bild nicht zu sehen und er wird es nicht mit ihr in Verbindung bringen, falls eine Vermisstenmeldung von ihr erscheint – und davon gehe ich fest aus.

Leas Zimmer ist so weit fertig, die Kameras hängen,

die Wände sind in einem leuchtenden Rosa gestrichen. Ich habe Unsummen für ein Himmelbett ausgegeben, der Traum eines jeden Mädchens. Spielsachen habe ich keine gekauft, sie wird mit dem zurechtkommen müssen, was ich aus der Wohnung zusammenklaube.

Gestern hatte ich nach der Sache beim Sender nicht mehr viel Zeit und habe nur Kleinigkeiten mitgenommen, etwas Unterwäsche von ihr und Emily, ein Bilderbuch, eine Puppe, die oben auf dem Kleiderschrank lag. Für die Eingewöhnung ist es besser, wenn sie ein paar Dinge aus ihrer gewohnten Umgebung um sich hat.

Mein Handy in der Hosentasche vibriert. Instagram informiert mich, dass Emily ein neues Bild gepostet hat. Es ist ein Selfie, sie schaut in die Sonne und lächelt fröhlich in die Kamera. Ihre grünen Augen blitzen im Licht. Anscheinend hat sie sich die Haare färben lassen, denn der Ton sieht irgendwie rötlich aus. *Frisch vom Friseur,* lautet der Text darunter, dazu ein paar nichtssagende Hashtags.

Gott, sie ist so schön. Ich kann noch gar nicht glauben, dass sie bald voll und ganz mir gehören wird. Obwohl der Post gerade mal fünf Minuten alt ist, hat er bereits viele Likes und einige Kommentare. Kein Wunder, bei dem Aussehen.

Eine Julia hat ein Smiley mit Herzchenaugen gepostet und dazu geschrieben: *Morgen ist der große Tag und du siehst umwerfend aus.*

Ich frage mich, was sie damit meint. Sofort fängt mein Gedankenkarussell an, sich zu drehen. Was für einen großen Tag hat Emily morgen vor sich? Hat sie etwa ein Date? Trifft sie sich mit einem fremden Mann?

Thorsten kann es nicht sein, das weiß niemand besser als ich. Mein Daumen schwebt über dem Button, um ihr eine Nachricht zu senden. Ich weiß, dass es dumm ist, ihr zu schreiben, sie wird einem Wildfremden wohl kaum verraten, was sie morgen macht. Doch ich kann mich nicht zurückhalten. Unwillkürlich ballt sich meine Hand zur Faust. Ich muss rausfinden, was sie vorhat.

Kapitel 19

Nach dem Friseur machte sich Emily auf den Weg zum Paulina's, ihrem Lieblingscafé am Hackeschen Markt, das die besten Karamellkekse der Stadt verkaufte.

Das hatte sie sich heute verdient, auch wenn sie morgen auf der Hochzeit noch genug Süßkram in sich reinstopfen würde. Es gab eben Zeiten, in denen man sich zwischen der krampfhaften Dauerdiät, die den Speck an ihren Hüften einfach nicht schmelzen ließ, und dem Stressessen entscheiden musste. Nach einer Woche wie dieser war klar, worauf ihre Wahl fiel.

Allerdings schien daraus heute nichts zu werden. Schon von Weitem sah Emily eine Menschentraube, die sich auf dem Bürgersteig vor dem Paulina's drängte. Beim Näherkommen entdeckte sie außerdem einige Reporter, die ihre Kameras auf irgendeinen Anzugträger gerichtet hatten. War das ein Promi? Sie versuchte, an den umherstehenden Gaffern vorbeizuschauen. Erst jetzt bemerkte sie, dass das Schaufenster des Cafés eingeschlagen war. Der Bürgersteig war voller Scherben, ein Stuhl lag mittendrin. Soweit sie von hier aus sehen konnte, war der Innenraum völlig verwüstet, Tische waren umgeworfen, die Einrichtung zertrümmert.

Jetzt erkannte Emily auch den Typen, der von den Reportern belagert wurde. Es war Dr. Hambacher, ein Lokalpolitiker, dem von der Presse eine große Karriere vorausgesagt wurde. Hagen hatte mit ihm mal eine Homestory gedreht und danach ordentlich über ihn abgelästert. Er fand den Kerl unausstehlich. Klar, dass der so ein Ereignis für sich nutzte, um eine seiner populistischen Reden zu schwingen.

»Was ist denn hier passiert?«, fragte Emily einen Mann, der vor ihr stand. An seinem Hinterkopf zog sich eine Narbe durch das braune Haar.

Anscheinend fühlte er sich nicht angesprochen, denn er reagierte nicht. Sie tippte ihm auf die Schulter. »Entschuldigung, wissen Sie, was hier los ist?«

Ruckartig drehte er sich um und schaute sie durchdringend an. Emily wich unwillkürlich einen Schritt zurück. *Was ist denn mit dem?*

Das Gesicht des Mannes war völlig zerschrammt, auf seiner Wange zeichnete sich ein bläulicher Schatten ab und auf seiner Stirn klebte ein großes Pflaster. In seinem Mundwinkel hing eine glühende Zigarette, die er nun achselzuckend herausnahm. »Keine Ahnung.«

»Gab es einen Überfall?«

Er hob die Schultern und zuckte unter Schmerzen zusammen.

»Schlimm so etwas. War ein nettes Café.«

»Mhm«, brummte er, was Zustimmung oder auch Ablehnung sein mochte, dann wandte er sich von ihr ab. Offensichtlich war er nicht sonderlich gesprächig.

Emily beobachtete noch eine Weile das Geschehen, aber da nichts weiter passierte, machte sie sich auf den Weg nach Hause.

Unterwegs hielt sie an einer mit Graffiti besprühten Wand und schoss ein Selfie von sich für Instagram. Die Kekse aus dem Paulina's hatte sie durch ein Stück Käsekuchen ersetzt, mit dem sie sich aufs Sofa setzte und das Bild postete.

Gespannt beobachtete sie die Reaktionen, die nicht

lange auf sich warten ließen. Sie hatte sich einen leichten Rotstich färben lassen, der in der Sonne intensiver rüberkam, als er wirklich war und der ihre grünen Augen besonders gut zur Geltung brachte. Nach einer halben Stunde hatte das Foto bereits über einhundert Likes. Von Jannes kam nichts. Stattdessen flatterte eine Nachricht von einem unbekannten Follower in ihr Postfach.

Die roten Haare machen dich noch außergewöhnlicher. Nicht, dass du es nötig gehabt hättest, du Schöne. Hast du was Besonderes vor?

Der Absender hieß *el_neo_1452* und hatte kein Profilbild. Emily klickte seine Seite an. Bisher hatte er nichts gepostet. Aus irgendeinem Grund musste sie an Benjamin denken, den Getränkelieferanten, der angeblich mit ihr zur Schule gegangen war. Aber der hatte nur von Facebook geredet. Auf Instagram war sie nicht mit ihrem Klarnamen angemeldet, da konnte er sie eigentlich nicht finden.

Vielleicht war es Thorsten, der sich so einen Zugang zu ihrem Leben sicherte. Sie sollte ihr Profil lieber auf privat umstellen, damit nicht Hinz und Kunz ihre Bilder sehen konnten. Obwohl sie wusste, dass sie besser nicht drauf eingehen sollte, tippte sie eine schnelle Antwort.

Wer bist du?

Es dauerte keine halbe Minute, bis er zurückgeschrieben hatte.

Nur jemand, der fasziniert von deinem Anblick ist. Also, verrätst du mir, für wen du dich so hübsch gemacht hast?

»Ah ja«, sagte Emily in die Stille ihrer Wohnung. Was für ein Creep. Sie löschte die Konversation und überprüfte die Likes unter dem Bild. Immer noch keiner von Jannes. Vielleicht hatte sie ihm unrecht getan und er hatte den Post wegen Gismo wirklich nicht gesehen. Warum sollte er auch die Scheibe ihres Autos einschlagen und ihr eine tote Elster auf den Fahrersitz schmeißen? Weil sie ein paar Einladungen zu Partys abgelehnt hatte und nicht bereit war, auf dem Hausflur sinnlosen Small Talk mit ihm zu machen? Nein, das war doch völlig übertrieben.

Bei der nächsten Aktualisierung leuchtete erneut ein roter Punkt am oberen rechten Rand. Eine neue Nachricht von *el_neo_1452*.

Warum willst du dich denn nicht mit mir unterhalten? Hältst dich wohl für was Besseres.

Dahinter war ein augenrollendes Smiley. Noch bevor sie antworten konnte, kam die nächste.

Was hast du denn erwartet, wenn du solche Fotos von dir öffentlich postest? Da macht man ein Kompliment und du ...

Emily runzelte die Stirn und schaute sich das Bild noch einmal an. Darauf war nichts anderes zu sehen als ihr Gesicht. Emily hatte schon oft gehört, wie Frauen in den sozialen Netzwerken von Männern bedrängt wurden. Bisher war sie davon verschont geblieben. Sie überlegte einen Moment, dann tippte sie:

In einem Punkt gebe ich dir recht. Ich sollte nichts mehr öffentlich posten.

Direkt nach dem Abschicken blockierte sie *el_neo_1452* und stellte ihr Konto auf privat. Dasselbe tat sie bei ihrem Facebook-Profil. Zurück auf Instagram wartete eine Nachrichtenanfrage in ihrem Postfach. Sie kam von *el_neo_1453*. Der Typ hatte sich offensichtlich sofort einen neuen Account erstellt, um ihr zu schreiben. Der Inhalt jagte ihr einen Schauer über den Rücken.

Du blockierst mich, weil ich dir sage, dass du gut aussiehst, aber lässt dich in aller Öffentlichkeit von einer Schwuchtel betatschen, nachdem du allen Leuten deinen Hintern gezeigt hast?

Emily starrte die Zeilen an. Wer auch immer dieser Neo war, er hatte sie offensichtlich mit Hagen im Café beobachtet. Weitere Nachrichten folgten jetzt Schlag auf Schlag, und sie wurden immer beängstigender.

Vielleicht solltest du dich lieber um deine Katze kümmern als um dein Aussehen. Die Welt da draußen ist gefährlich für Tiere, das kann dir die Elster sicher bestätigen.

Und lass deine Autoscheibe reparieren. Du willst doch nicht, dass die kleine Lea sich verkühlt, wenn du sie um halb fünf aus dem Kindergarten holst, oder?

Ich wünsche dir viel Spaß auf der Hochzeit morgen. Pass auf, dass dir abends niemand folgt, wenn du im Dunkeln nach Hause gehst.

Emilys Hände zitterten. Wer zum Teufel war dieser Kerl?

Das war keine normale Belästigung irgendeines Typen, der glaubte, er könnte übers Internet wildfremde Frauen aufreißen. Dieser Neo kannte Details aus ihrem Leben. Ihre Tochter hatte Emily komplett aus den sozialen Medien ferngehalten, und auch die Sache mit der Elster hatte sie nicht gepostet. Nur Thorsten hatte einen derart intimen Einblick in ihren Alltag. Er musste es sein.

Aber was, wenn er es nicht war? Woher wusste ein Fremder den Namen ihrer Tochter? Emily blockierte auch diesen Absender und schloss Instagram. Für heute würde sie die App nicht mehr öffnen, und wenn sie die Hochzeit morgen hinter sich gebracht hatte, würde sie zur Polizei gehen und ihn anzeigen. Für den Nachhauseweg würde sie sich definitiv eine Begleitung organisieren. Vorsicht war besser als Nachsicht.

Kapitel 20

Emily hat ein gelbes Kleid gewählt. Es sieht wundervoll an ihr aus und die neue Haarfarbe passt hervorragend dazu. Jetzt tut es mir fast leid, dass ich sie gestern in den Nachrichten so angegangen habe. Ich muss zugeben, ich habe etwas überreagiert. Das war doch nur, weil ich unbedingt herausfinden wollte, was sie heute vorhat. Eigentlich sollte ich stolz auf sie sein, dass sie so abweisend reagiert hat. Mit fremden Männern spricht man nicht, das hat sie völlig richtig gemacht.

Im Endeffekt habe ich ja auch so rausbekommen, dass sie heute auf eine Hochzeit geht. Ihre Freundin hat seit Tagen nichts anderes mehr gepostet. Sogar die exakte Uhrzeit der Trauung habe ich mit ein bisschen Stöbern erfahren, und auch, wo die Feier im Anschluss stattfinden wird, weiß ich.

Zu gerne würde ich Emily begleiten, der Mann an ihrer Seite sein, der von allen bewundert wird, weil er die schönste aller Frauen abbekommen hat. Wir würden alle Blicke auf uns ziehen. Der Gedanke, sie in diesem Outfit heute unbeaufsichtigt zu lassen, fühlt sich furchtbar an. Aber es muss sein, denn ich habe Wichtigeres zu tun. Dieses Mal muss ich mich an den Plan halten.

Emily schnallt Lea auf den Rücksitz ihres Wagens fest, dann steigt sie ein und fährt davon. Sehnsüchtig schaue ich ihr hinterher. Vielleicht schaffe ich es am Abend zur Feier. Auch wenn es wehtun wird, sie mit anderen Männern auf der Tanzfläche zu sehen, vermutlich angeheitert.

Bevor ich mich an die Arbeit mache, warte ich noch etwa zwanzig Minuten, nur für den Fall, dass sie etwas vergessen hat und noch mal zurückkommt. Im Treppenhaus ist es angenehm kühl, ich bleibe kurz stehen und atme durch. Seit Tagen stöhnt ganz Berlin unter dieser Hitzewelle. Ich bekomme die Wärme überhaupt nicht mehr aus Mutters Haus, selbst wenn ich die ganze Nacht sämtliche Fenster aufreiße und sie am Morgen wieder schließe, bevor die Sonne aufgeht.

Als ich gerade auf dem Weg in den ersten Stock bin, geht hinter mir eine Tür auf. Jemand steigt ebenfalls die Treppe hinauf. Ich bleibe vor Emilys Wohnung stehen, da taucht ein Kopf mit weißem Haar auf dem Zwischenstock auf.

Einen Moment schaut die Frau mich skeptisch an, bevor sie sich räuspert. »Zu wem möchten Sie denn bitte?«

Ich antworte ihr nicht, denn wo ich hinwill, ist offensichtlich. Seit wann ist sie denn bitte schön hier der Portier?

»Die junge Frau ist heute nicht da«, fügt sie schnell hinzu.

Ja, genau deswegen bin ich hier.

»Ach, zu blöd. Ich wollte eigentlich nur ein Paket abgeben.« Dumme Ausrede. Ich sollte besser nachdenken, bevor ich den Mund aufmache. Unauffällig lasse ich den Schlüssel in meiner Hosentasche verschwinden.

Natürlich merkt auch die Alte, dass ich Unsinn rede. »Wo ist denn das Paket?«, fragt sie.

»Wüsste nicht, was Sie das angeht«, grummle ich und gehe die Treppe runter. Als ich an ihr vorbeistürme, remple ich sie mit der Schulter an und verschwinde. Das geht ja gut los. Ich spaziere eine Runde um den Block und hole mir im Café an der Ecke einen Milchshake. Dann versuche ich es noch mal. Jetzt habe ich mehr Glück, ich komme ungesehen durchs Treppenhaus.

In Emilys Wohnung empfängt mich die dumme Katze und maunzt mich an wie in jener Nacht. Dieses Mal ist es mir egal, sie kann damit niemanden aufwecken. Trotzdem bewege ich mich langsam und vorsichtig durch die Diele, damit der Hausdrachen meine Schritte nicht hört und auf die Idee kommt, die Polizei zu rufen.

Warum musste ausgerechnet sie mich im Hausflur erwischen? Bestimmt wird sie Emily sofort davon erzählen, dass ich vor ihrer Wohnung stand, während sie nicht da war. Was erst mal nicht so dramatisch ist, schließlich ist das kein Verbrechen und zum Glück hatte ich noch nicht die Tür aufgeschlossen. Viel schlimmer ist, dass sie mein Gesicht mit Emilys Verschwinden in Verbindung bringen könnte. Genau das muss ich unbedingt vermeiden. Darüber werde ich mir später noch Gedanken machen müssen.

Später, später. Du schiebst ständig Dinge auf, kommst nicht voran und erfindest Ausreden. Das tust du schon dein ganzes Leben lang. Von mir hast du diese Eigenschaft nicht geerbt.

Nein, das ist nicht wahr. Ich finde nicht, dass ich zu langsam vorankomme. In den Monaten, seit ich Emily wiedergefunden habe, habe ich viel erreicht. Ich kenne ihren Tagesablauf, weiß, wann sie zum Yoga geht, an welchen Tagen sie im Sender ist und wann sie im Homeoffice arbeitet, wann und wohin sie am liebsten einkaufen geht und zu welcher Zeit sie Lea in den Kindergarten fährt und wieder abholt. Darüber hinaus habe ich dafür gesorgt, dass sie endlich diesen schrecklichen Typen rauswirft. Und das Haus ist fast fertig präpariert, nur die Technik bereitet mir noch ein paar Probleme, die mit Google und YouTube aber bald gelöst sein sollten.

Dein Plan hat so viele Lücken. Es wird niemals funktionieren. Sie werden alle erwischt, niemand weiß das besser als ich.

Mutter redet Unsinn. Natürlich werden nicht *alle* erwischt. Von denen, die es nicht werden, weiß man es halt einfach nicht.

Wie viele Menschen verschwinden spurlos und man findet nie heraus, was mit ihnen passiert ist? Haben die sich alle in Luft aufgelöst?

Früher oder später fliegt man auf. Denk an meine Worte, wenn es so weit ist.

»Sei still«, flüstere ich Mutter zu. »Du wirst mich nicht von meinem Plan abbringen.«

Immerhin ist mir dank des Genörgels eine Lösung für die Alte eingefallen. Sie lebt allein und bekommt nicht sonderlich viel Besuch. In dem Alter ist das immer gefährlich, denn jenseits der achtzig ist man nicht mehr so gut zu Fuß, das weiß jeder. Leider wird das dem Hausdrachen zum Verhängnis werden. Bei einem unglücklichen Sturz wird sie sich den Kopf anschlagen und an ihren Verletzungen sterben. Gleich, nachdem ich hier fertig bin, werde ich ihr einen Besuch abstatten.

Kapitel 21

Samstag nach der Hochzeit

Die Hochzeitszeremonie war durch Leas Auftritt vorzeitig beendet worden. Im Krankenhaus hatten sie keine Blessuren festgestellt, äußerlich war Emilys Tochter völlig unversehrt. Woher das Blut stammte, blieb ein Rätsel, denn die Kleine stammelte nur zusammenhangsloses Zeug. Ein Polizist war dem Rettungswagen gefolgt. Er hatte sie zur Untersuchung begleitet und im Anschluss das blutgetränkte Kleid konfisziert. Die Krankenschwestern hatten mit einem Jogginganzug aus dem Fundus ausgeholfen, der ihr ein wenig zu groß war.

Der Beamte hatte sie im Anschluss auf die Wache gebeten, wo Emily und Lea nun darauf warteten, dass ihre Aussage aufgenommen wurde. Eine psychologisch geschulte Kollegin wurde ihr versprochen, die einfühlsam auf Lea eingehen würde. In der Zwischenzeit hatte Emily erfahren, dass Sebastian weiterhin verschwunden blieb und zu allem Überfluss auch noch Julias Nichte nicht aufzufinden war. Hatte jemand den beiden etwas angetan und sie anschließend aus der Kirche entführt und Lea hatte alles beobachten müssen?

Das Gespräch mit der Polizistin, einer Frau Uhlemann, verlief zäh und war unangenehm, auch wenn sie sich jede erdenkliche Mühe gab, kindgerecht und behutsam mit Lea zu reden.

Auf die meisten ihrer Fragen zuckte Emilys Tochter stumpf mit den Schultern und sagte die meiste Zeit über kein Wort.

»Lea, ein Mädchen ist verschwunden. Marie, sie war auch ein Blumenmädchen. Bestimmt kennst du sie. Wenn du etwas gesehen hast, ist es wichtig, dass du das sagst.«

Emily lief ein eiskalter Schauer über den Rücken. Bei der Vorstellung, dass es Lea sein könnte, von der jede Spur fehlte, wurde ihr schlecht. »Wurde sie entführt?«, fragte sie.

»Das wissen wir noch nicht. Vielleicht hat sie sich so sehr erschreckt, dass sie einfach weggelaufen ist. Bisher wurde sie leider nicht gefunden.«

Emily knetete ihre Hände, während Lea weiterhin verbissen schwieg.

»Versuchen Sie es mal«, flüsterte Frau Uhlemann Emily zu. »Aber bitte keine Suggestivfragen. Versuchen Sie möglichst, ihr keine Worte in den Mund zu legen.«

Emily nickte und wandte sich ihrer Tochter zu. »Schätzchen, möchtest du uns nicht sagen, was passiert ist, als ihr das Blumenwerfen geübt habt? Das ist sehr wichtig ...«

Lea schaute sie aus großen Augen an. Tränen schwammen darin und ihre Unterlippe zitterte. »Ich hab nichts gesehen«, flüsterte sie. Emily nahm sie in den Arm und drückte sie an sich.

»Ich glaube, das hat momentan keinen Sinn«, sagte sie zu der Beamtin. »Je mehr wir sie stressen, desto mehr wird sie dichtmachen.«

Frau Uhlemann seufzte. »Also gut. Lassen wir sie erst mal ein wenig runterkommen. Ich würde mich morgen bei Ihnen melden, vielleicht ist sie ja zu Hause gesprächiger. Dann wissen wir hoffentlich auch, von wem das Blut stammt.«

»Darf ich Sie noch kurz unter vier Augen sprechen?«, fragte Emily. Es fiel ihr schwer, Lea in diesem Zustand allein lassen zu müssen, aber sie sollte auf keinen Fall mit anhören, was sie zu sagen hatte.

Die Polizistin rief eine Kollegin, die sich um Lea kümmern sollte, und führte Emily in einen anderen Raum. Dort erzählte Emily der Beamtin von den Ereignissen der letzten Tage und zeigte ihr auch die Nachrichten, die sie gestern von diesem Neo erhalten hatte.

»Und Sie glauben, dass Ihr Mann heute auf die Hochzeit gekommen ist, um Ihre Tochter zu traumatisieren?«

Emily hob hilflos die Hände.

Das hatte sie so nicht gesagt. Eigentlich hatte sie nur eine Anzeige erstatten wollen, wie sie es vor zwei Tagen nach dem Vorfall mit ihrem Auto bereits hätte tun sollen. »So langsam weiß ich gar nichts mehr. Hätten Sie mich vor einer Woche gefragt, hätte ich gesagt, dass er zwar etwas nervig ist, aber nie etwas tun würde, was mir wirklich schadet. Außerdem liebt er seine Tochter ...«

»Nun, es ist unwahrscheinlich, aber nicht unmöglich, dass er etwas mit der Sache zu tun hat. Bleibt die Frage, was mit dem anderen Blumenmädchen passiert ist.«

Dafür hatte auch Emily keine Erklärung. Wenn er sich selbst verletzt hätte, wäre er bei einer derartigen Menge Blut nicht weit gekommen. Man hätte außerdem sicher Spuren von ihm gefunden. Die naheliegende Erklärung war, dass das Blut von Sebastian stammte, doch warum sollte Thorsten ihm etwas antun? Außerdem war auch er nicht gefunden worden, der Bräutigam war spurlos verschwunden. Das alles ergab überhaupt keinen Sinn.

»Habe ich Sie richtig verstanden, dass Sie noch keine Anzeige gegen Ihren Mann erstattet haben?«, riss sie die Polizistin aus ihren Gedanken.

Betreten schüttelte Emily den Kopf. »Ihr Kollege war am Telefon so abweisend zu mir. Ich wollte mich nicht lächerlich machen.«

»Dann nehmen wir jetzt eine auf und statten Ihrem Mann einen Besuch ab. Mal sehen, ob er eine Erklärung hat, wo er sich heute zu der entsprechenden Uhrzeit aufgehalten hat.«

»Da wäre noch etwas ...« Emily war der Typ wieder eingefallen, den sie zuerst vor dem Paulina's gesehen hatte und der heute in die Kirche gestiefelt war.

»Interessant«, kommentierte die Polizistin ihre Beobachtung. »Selbstverständlich haben bereits andere Gäste den Mann erwähnt. Niemand kennt ihn. Würden Sie mit unserem Zeichner das Phantombild noch einmal durchgehen?«

Als Emily endlich das Revier verließ, war es bereits nach sechs. Was für ein schrecklicher Tag. Emily verstand einfach nicht, was passiert war. So egoistisch das auch klingen mochte, hoffte sie doch, dass die Sache in der Kirche nicht mit ihr zusammenhing. Ihre Freundin würde ihr das nie verzeihen, auch wenn sie gar keinen Einfluss darauf hätte nehmen können.

In ihrer Straße war kein Parkplatz frei. Da Emily der Gedanke, allein zu Fuß eine weitere Strecke zu ihrer Wohnung zurückzulegen, nicht gerade angenehm vorkam, fuhr sie mehrere Male um den Block.

Endlich entdeckte sie eine Parklücke, die in Sichtweite zum Haus lag. Beim Einparken bemerkte sie eine Gestalt vor ihrer Haustür, die sich vorbeugte und die Klingelschilder zu studieren schien. Kalter Schweiß trat ihr auf die Stirn.

Sie krallte sich ins Lenkrad. Sollte sie einfach wieder fahren?

Aber wohin?

Reiß dich zusammen. Das kann Gott weiß wer sein. Wer auch immer dir nachstellt, er wird dich kaum auf offener Straße attackieren.

Obwohl sie wusste, dass dies nicht unbedingt der Realität entsprach, atmete Emily noch einmal tief durch und stieg aus.

Sie nahm Lea an die Hand und ging festen Schrittes auf die Person zu. Dann erkannte sie ihn.

»Chris? Was machst du denn hier?«

Sebastians Trauzeuge drehte sich um und schaute sie verwundert an, als hätte er nicht erwartet, sie hier zu treffen. »Oh, Emily. Da bist du ja.« Er sah hoch zu ihrem Schlafzimmerfenster, dann wandte er sich ihr zu. »Wie geht es Lea?«

Emily drückte unwillkürlich die Hand ihrer Tochter. »Den Umständen entsprechend. Aber du bist doch bestimmt nicht deswegen hier, oder?« Sie musterte ihn skeptisch. »Liebes, geh doch schon mal ins Haus und warte da. Mama kommt gleich nach.« Sie schloss die Tür auf und Lea betrat stumm und mit leerem Blick den Hausflur. »Also, was willst du?« Emily verschränkte die Arme vor der Brust.

»Ich weiß, es ist vielleicht nicht der richtige Moment und du könntest es als unpassend empfinden, dass ich dich das frage …« Er machte eine kurze Pause. »Ich brauche dringend Geld. Eine größere Summe. Eigentlich wollte Sebastian ... Er schuldet mir ...«

»Ist das dein Ernst? Deswegen kommst du zu mir, nach dem, was heute in der Kirche passiert ist?« Emily schüttelte den Kopf und sah ihn wütend an. Wie kam er auf die Idee, sie jetzt mit so etwas zu belästigen?

»Glaub mir, ich würde nicht fragen, wenn ich eine andere Möglichkeit wüsste. Es ist sehr wichtig für mich.« Betreten schaute er auf seine Füße.

»Natürlich. Für Typen wie dich ist ja immer alles wichtig. Jetzt sag mir bitte, wie du darauf kommst, eine alleinerziehende Mutter könnte dir Geld leihen?« Emily blickte ihn herausfordernd an.

»Ich will das Geld gar nicht von dir haben. Ehrlich gesagt hatte ich gehofft, du könntest für mich einen Kontakt zu Thorsten herstellen.«

Emily versteifte sich, als Chris den Namen ihres Manns erwähnte. »Verschwinde, Chris!«, fauchte sie und versuchte, an ihm vorbei zum Haus zu gehen.

Chris' Hand schoss nach oben und er packte sie am Arm. Sein Griff war eisern. »Emily, warte bitte. Gib mir einfach seine Nummer, du musst nicht mit ihm sprechen.«

»Lass mich sofort los!« Sie sah ihn finster an. »Es könnte keinen ungünstigeren Zeitpunkt geben!«

»Bitte, Emily. Ich bin in einer Notlage.«

»Du sollst mich loslassen, habe ich gesagt«, schrie sie ihn an und versuchte, ihren Arm aus seinem Griff zu befreien.

»Gib mir nur Thorstens Nummer und ich bin sofort weg.«

Emily holte aus und verpasste ihm eine Ohrfeige. Überrascht ließ er sie los. Die Gelegenheit nutzte sie und sprang in Richtung Haustür. Mit zitternden Fingern fummelte sie den Schlüssel ins Schloss und rettete sich ins Treppenhaus, wo sie in Tränen ausbrach.

Kapitel 22

Eigentlich hatte ich vor, mich zu beeilen, um es später noch auf die Feier zu schaffen. Jetzt, wo ich in der Wohnung bin, verspüre ich aber überhaupt keinen Drang, so schnell wieder zu gehen.

Noch nie zuvor habe ich mich Emily so nah gefühlt. Vor zwei Tagen hatte ich nicht viel Zeit, ich habe nur ein paar Dinge geholt und bin sofort wieder verschwunden. Heute ist es anders.

Einen Moment schließe ich die Augen, stelle mir vor, dass dies unsere gemeinsame Wohnung ist. *Hallo Liebling, ich bin zu Hause.*

Ich gehe in die Küche, setze mich auf ihren Platz, der gegenüber dem Kinderstuhl liegt. *Tripp Trapp* nennt man diese Dinger, glaube ich.

In der Tasse vor mir ist ein Rest Kaffee, den Emily heute Morgen anscheinend nicht ausgetrunken hat. Obwohl ich den bitteren Geschmack hasse, setze ich die Tasse an und lasse mir die kalte Flüssigkeit auf die Zunge laufen. Dabei achte ich darauf, dass ich von der Seite trinke, an der auch Emilys Lippen lagen. Mein Herz hämmert in der Brust, in meiner Vorstellung küssen wir uns gerade. Auf Leas Platz steht eine Schüssel mit Resten von Schokopops. Die hätte ich als Kind auch am liebsten gegessen, wenn Mutter mich gelassen hätte. Die Kleine und ich werden uns gut verstehen, wenn sie sich erst eingelebt hat.

Du glaubst doch nicht wirklich, dass die beiden jemals auf heile Familie mit dir machen?

Natürlich glaube ich das. Nein, viel mehr, ich *weiß* es

sogar. Dir als Juristin sollte das Stockholm-Syndrom doch ein Begriff sein, oder etwa nicht, Mutter? Emily wird mich lieben, ich muss nur lang genug ausharren.

Blanker Unsinn ist das. Gefangene solidarisieren sich mit ihrem Geiselnehmer. Das ist keine Liebe. Wie sollte Emily jemanden wie dich lieben können?

Ich schlage mit der Faust so heftig auf den Tisch, dass ich kurz glaube, ich hätte mir die Hand gebrochen.

Nur weil Mutter es nicht schaffte, mich zu lieben, muss das nicht für Emily gelten. Es ist nur eine Frage der Zeit, bis sie erkennt, dass sie niemand jemals so sehr lieben wird wie ich. Niemand sonst kann ihr bieten, was ich bereit bin, ihr zu geben. Emily wird die Frau an meiner Seite sein und es wird für immer halten.

Da ich keine Lust habe, mich auf weitere Diskussionen mit Mutter einzulassen, stehe ich auf und gehe ins Bad. Es riecht herrlich nach Himbeere und Emilys Parfum. Das Handtuch auf dem Badewannenrand ist noch feucht. Es ist nicht lange her, dass Emily ihren wunderschönen Körper damit abgetrocknet hat. An jeder erdenklichen Stelle.

In einer plötzlichen Eingebung reiße ich mir die Klamotten vom Leib und reibe mich mit dem Handtuch ab. Genüsslich streife ich zuerst über meine Brust, schnuppere daran. Dann wandere ich langsam tiefer über meinen Bauch zu meinem aufgerichteten Penis. Ich wickle ihn darin ein, reibe ihn. In meinem Kopf sind es Emilys zarte Hände, die mich liebkosen, ihre feuchten Lippen pressen sich auf meine und ihre Zunge dringt in meinen Mund. Dieses Mal sagt sie keine schmutzigen Dinge, sie genießt stumm unsere Liebkosungen. Ihre runden Brüste berühren mich beinahe, von ihren steifen Nippeln tropft das Wasser. Ich hebe meine Hand, um sie zu kneten, mit ihren Brustwarzen zu spielen. In diesem Moment entleere ich mich explosionsartig in das Handtuch. Näher an der Erfüllung meiner Fantasien war ich noch nie, nicht mal mit ihrem Slip auf meinem Gesicht.

Außer Atem lasse ich mich auf den Badteppich sinken, Schweiß steht mir auf der Stirn. Ein wenig fühle ich mich, als hätte ich meine Emily betrogen. Sie und niemand sonst sollte es sein, die mir solche Gefühle entlockt. Es steht mir nicht zu, das selbst zu tun und unsere gemeinsamen Erfahrungen in meiner Vorstellung vorwegzunehmen. Mein Gesicht brennt vor Scham. Warum konnte ich mich denn schon wieder nicht zusammenreißen und mich für sie aufsparen?

Eine ganze Weile sitze ich einfach nur da, unfähig, mich zu bewegen. Irgendwann werfe ich schließlich das Handtuch von mir. Mit dem Spermafleck kann ich es nicht mehr zurück auf die Wanne hängen, also werde ich es später mitnehmen und für sie waschen. Vielleicht können wir es irgendwann gemeinsam darauf treiben. In Mutters Garten unter freiem Himmel, wo all die Nachbarn sehen können, was für eine Bombenfrau ich mir geangelt habe. Bei dem Gedanken daran werde ich schon wieder hart, aber ich lasse mich nicht noch einmal dazu hinreißen. Stattdessen stehe ich auf und ziehe mich an.

Im Badschrank suche ich nach Dingen, die ich nachkaufen kann, damit Emily und Lea sich bei mir zu Hause fühlen. Ich fotografiere die duftende Bodylotion, das Kindershampoo mit Erdbeergeruch und ihre Zahnpasta. Make-up wird Emily bei mir nicht brauchen, sie gefällt mir ohne am besten, also ignoriere ich diesen Teil.

Nachdem ich im Bad fertig bin, gehe ich ins Wohnzimmer. Emily liest gerne, das haben wir gemeinsam. Ihr Buchgeschmack ist allerdings ein völlig anderer als meiner. In ihrem Bücherregal finden sich fast nur Krimis und Thriller. Romy Fölk, Karin Slaughter, Tess Gerritsen, Jilliane Hoffman, Karen Sander. Hier und da ein Stephen King. Insgesamt sehe ich fast nur weibliche Namen, die mir allesamt nichts sagen. Die Klappentexte lassen auf reißerischen Inhalt schließen. Serienkiller, wohin das Auge reicht, düstere Geheimnisse, brutale Mörder. Nichts, worauf ich stehe.

Mutter hat mich bereits als Kind gezwungen, mich mit Weltliteratur zu beschäftigen. Auch wenn ich es damals gehasst habe, muss ich sagen, dass sie in diesem Punkt alles richtig gemacht hat. Heute weiß ich die Bücher von Kafka, Dickens oder auch Orwell und Dostojewski durchaus zu schätzen und selbst mit Goethe kann ich mich mittlerweile anfreunden.

Der einzige Punkt, in dem meine Erziehung Wirkung zeigen konnte. Wenn du dich nur auch in anderen Belangen so gut entwickelt hättest ... Mit deinen Anlagen könntest du jetzt ein erfolgreicher Anwalt sein.

Vielleicht möchte ich aber gar kein Anwalt sein, sondern bin zufrieden mit dem, was ich bisher erreicht habe.

Zufrieden mit diesem Lotterleben? Das kann ich kaum glauben. Kein Mensch kann zufrieden sein, wenn er nicht das Beste aus sich herausholt.

Mein Bestes war doch nie gut genug! Egal, wie sehr ich mich angestrengt habe, Mutter hat immer noch mehr von mir erwartet. Aber jetzt ist sie weg und ich führe mein eigenes Leben. So, wie es mir gefällt.

Ich nehme eines der Bücher aus dem Regal, in dem ein Lesezeichen steckt, und setze mich damit aufs Sofa. Den rechten Arm um eins der Kissen gelegt, stelle ich mir vor, wie Emily und ich hier gemeinsam sitzen und den Abend ausklingen lassen. Vielleicht können wir ja irgendwann in ihre Wohnung zurückkehren, wenn sie erst eingesehen hat, dass ich der richtige Mann für sie bin. Das wäre mir lieber, als für immer in Mutters Haus zu bleiben.

Das Buch langweilt mich und ich stelle es zurück ins Regal. Ich werde keines davon mitnehmen. Bei Mutter gibt es genug zu lesen und vielleicht kann ich Emily ja von etwas mehr Qualität überzeugen.

Bevor ich mich Emilys Schlafzimmer widme, schaue ich mich kurz in Leas Zimmer um und packe ein paar weitere Spielsachen zusammen. Das ganze Zimmer ist vollgestopft mit Kram, da wird kaum auffallen, wenn etwas fehlt. Meine Auswahl stelle ich in den Flur. Dann endlich ist es so weit. Beinahe ehrfürchtig bleibe ich im Türrahmen stehen und lasse den Eindruck auf mich wirken.

An der rechten Wand steht genau in der Mitte ein Doppelbett. Die Bettwäsche ist zerwühlt, als hätte Emily noch vor wenigen Minuten darin gelegen, auf einem der Kopfkissen liegt die Katze zusammengerollt und schläft. Als sie mich bemerkt, springt sie auf und flitzt aus dem Raum.

Die komplette linke Wand ist von einem offenen Kleiderschrank der Marke Eigenbau eingenommen. Er besteht aus ein paar Kleiderstangen und Regalen, die mit einem Vorhang vom Rest des Raumes abgetrennt sind. Die Hälfte der Kleiderstangen ist leer. Hier hingen vermutlich Thorstens Sachen. Ein Grinsen breitet sich auf meinem Gesicht aus. Den Kampf habe ich gewonnen und der Preis ist die süße Emily.

Ich werfe einen Blick auf den Wecker auf dem Nachttisch. Beinahe sechs Uhr. Wo ist bloß die Zeit hin? So langsam sollte ich mich dann doch mal beeilen. Aber einen Moment habe ich noch. Ich ziehe die Schuhe aus und lasse mich auf die Matratze fallen. Mit geschlossenen Augen genieße ich das Gefühl, dort zu liegen, wo Emily sonst liegt.

Plötzlich zerreißt ein Geräusch die Stille und jagt einen Stoß Adrenalin durch meine Adern.

Die Klingel.

Ich fahre hoch. Mein Puls rast, obwohl mir überhaupt nichts passieren kann. Wenn jemand klingelt, bedeutet das, dass er keinen Schlüssel hat. Vermutlich ist es die Alte von unten, die petzen will. Ich schleiche zur Tür und schaue durch den Spion. Auf dem Hausflur ist niemand zu sehen. Stattdessen klingelt es wieder. Ich gehe zurück zum Schlafzimmer, schaue aus dem Fenster und mein Herz bleibt stehen. Unten auf der Straße sehe ich Emily.

Das kann nicht sein! Warum ist sie so früh zurück?

Ich muss sofort verschwinden. Plötzlich sehe ich eine Hand, ein Typ kommt in mein Blickfeld. Er packt Emily am Arm und sie sieht überhaupt nicht begeistert aus.

Was soll das? Lass sie los!

Mein Blick fällt auf ihr Kleid. Rote Flecken zeichnen sich darauf ab. Ist sie verletzt? Was ist passiert?

Jetzt schreit Emily den Typen an, versucht, ihren Arm loszureißen, doch er gibt sie nicht frei. Ich balle die Fäuste, möchte am liebsten runterrennen, um sie zu verteidigen. Viel eher sollte ich zusehen, dass ich mich aus dem Staub mache, aber ich kann meinen Blick nicht von ihr lösen.

»Du sollst mich loslassen, habe ich gesagt!«, schreit sie jetzt, dann schlägt sie dem Typen ins Gesicht. Innerlich juble ich ihr zu. Meine tapfere Emily! Das hast du gut gemacht. Dann verschwindet sie. Anscheinend ist sie unten ins Haus. Scheiße, verdammte Scheiße! Was mache ich denn nur?

Mein Blick fällt auf den Kleiderschrank. Wie demütigend, sich wie ein heimlicher Liebhaber hinter ihren Kleidern und den bodenlangen Vorhängen zu verstecken, doch mir bleibt nichts anderes übrig. Ich quetsche mich in die leere Ecke, presse mich gegen die Wand und ziehe den Vorhang zu, da höre ich schon, wie die Wohnungstür aufgeschlossen wird. Siedend heiß fallen mir die im Flur bereitgestellten Spielzeuge ein. Nein, nein, nein! So ein dummer Fehler. Aber das kann ich nicht mehr ändern. Jetzt bleibt mir nur zu hoffen, dass sie mich in meinem Versteck nicht erwischt.

Kapitel 23

Emily wischte sich übers Gesicht. Lea stand neben ihr und starrte sie mit aufgerissenen Augen an.

»Tut mir leid, Schätzchen. Alles ist gut. Ich mache mir nur solche Sorgen, was mit dir passiert ist.« Emily ging in die Knie und umarmte ihre Tochter.

»Der Doktor hat gesagt, ich hab nichts«, murmelte Lea.

Emily drückte sie noch etwas fester an sich. »Zum Glück, mein Schatz, zum Glück. Aber einen Riesenschrecken hast du sicher bekommen, oder?« Sie sah ihrer Tochter ins Gesicht.

Die presste die Lippen aufeinander, zuckte mit den Schultern und nickte dann.

»Komm, wir gehen nach oben und ich mache dir einen schönen Kakao. Vielleicht mit Sahne?«

Wieder nickte Lea und ergriff ihre Hand. Gemeinsam stiegen sie die Treppe nach oben. Emily sperrte auf und erstarrte.

Es war nicht abgeschlossen.

Langsam drückte sie die Tür auf. Mitten in der Diele stand eine Plastiktüte, aus der die Ohren und der pinkfarbene Helm von Leas *PAW-Patrol*-Kuscheltier Skye schauten. Ein Anflug von Panik schnürte ihr die Luft ab und sie musste sich zusammenreißen, sich nicht umzudrehen und die Treppe runterzurennen.

Sollte sie die Polizei rufen? Thorsten war vermutlich noch hier.

Würde er ihr etwas antun?

Niemals vor den Augen unserer Tochter.

Egal, wie mies er sich in dieser Woche verhalten hatte, er liebte Lea über alles und würde nie etwas tun, das ihr Schaden zufügte.

»Warte kurz hier«, flüsterte Emily und betrat die Wohnung. Sie würde jetzt dort reingehen und die Sache mit Thorsten wie zwischen Erwachsenen regeln. Obwohl sie gerade so wütend auf ihn war, dass sie sich zusammenreißen musste, ihm nicht ins Gesicht zu spucken, wenn sie ihm gegenüberstand.

Aber was, wenn ihr gleich der Pflastermann von der Hochzeit entgegensprang? Oder Jannes ... Aber was sollten die mit Leas Spielzeug wollen? Nein, das hier war eindeutig Thorsten. Die Tüte in der Diele schien ihr wie der endgültige Beweis.

Emily atmete tief durch und warf einen Blick in die Küche und ins Wohnzimmer. Beide Räume waren leer, nur Gismo lag auf der Couch und schaute sie müde aus einem Auge an. Auch im Badezimmer war niemand. Das Handtuch, das sie heute Morgen nach dem Benutzen über die Badewanne gehängt hatte, lag zusammengeknüllt auf dem Boden. Im Bad war er also auch gewesen. Was hatte er damit gemacht? Das alles nahm völlig kranke Züge an und es wurde mit jedem Tag schlimmer. Mit spitzen Fingern hob sie den Stoff auf und warf ihn in die Wäsche. Dann überprüfte sie noch das Kinderzimmer und ihr Schlafzimmer. Thorsten war nicht mehr da.

Warum war er hier gewesen? Um ein paar Sachen zu holen? Aber weshalb hatte er dann die Tüte mit dem Spielzeug stehen gelassen? War er gestört worden? Hatte er sie vergessen?

»Mami, darf ich jetzt rein?«, hörte sie Leas Stimme

hinter sich. Sie drehte sich um. Ihre Tochter stand mit hochgezogenen Schultern in der Diele.

»Aber ja, entschuldige, komm.«

»Warum ist Skye hier in der Tüte?«

Emily überlegte kurz und erfand eine Notlüge. »Die habe ich heimlich eingepackt. Wir fahren die Woche nämlich Oma besuchen.« *Gar keine so schlechte Idee,* dachte sie dann. Vielleicht war es wirklich das Beste für sie und Lea, wenn sie ein paar Tage draußen in Potsdam verbrachten. Allerdings wollte sie ihre Mutter nicht beunruhigen, denn die war generell ein ängstlicher Typ und würde vermutlich vollkommen überreagieren. Das musste sie sich noch mal durch den Kopf gehen lassen.

Nachdem sie Lea geduscht hatte, setzte sie ihre Tochter im Wohnzimmer vor den Fernseher und schaltete ihr eine Folge *PAW Patrol* ein. Da sie beide seit dem Frühstück noch nichts gegessen hatten, ging sie in die Küche, um dort ein paar Brote zu schmieren. Das Geräusch der Türklingel ließ sie zusammenzucken, sodass ihr die mit Nutella bestrichene Scheibe auf den Boden fiel. Emily hob sie auf und legte sie auf den Teller. Dann zog sie eines der Gemüsemesser aus dem Messerblock und ging zur Tür, wo sie durch den Spion schaute. Es war Julia. Sie hatte sich inzwischen umgezogen und trug eine kurze Hose und ein weites Shirt. Ihr Mund war sorgenvoll verkniffen.

Emily öffnete und versteckte ihre linke Hand hinter dem Türblatt. »Wie bist du ins Haus gekommen?«, fragte sie.

»Unten war offen. Deine Nachbarin war gerade am Briefkasten.«

»Was gibt es?«

»Was denkst du denn?« Wie selbstverständlich machte Julia einen Schritt nach vorne, doch Emily trat nicht zur Seite. Dafür erntete sie einen verständnislosen Blick von ihrer Freundin. »Ich muss mit Lea reden, ob sie was gesehen hat. Immerhin ist mein Mann verschwunden und nebenbei bemerkt auch meine Nichte, nur falls du das nicht mitbekommen haben solltest.«

»Sie ist also immer noch nicht wiederaufgetaucht?«

Julia schüttelte den Kopf. »Ich verstehe nicht, was da heute passiert ist. Deswegen muss ich unbedingt zu Lea. Sie weiß etwas ...« Wieder machte sie Anstalten, sich an Emily vorbeizudrängen.

»Nein. Du musst jetzt gehen.« Emily blieb hart. »Es geht ihr nicht gut. Und mir auch nicht. Was du wüsstest, wenn du dir in den letzten Tagen mal eine Minute Zeit für mich genommen hättest.«

Julia starrte sie an, verzog den Mund. »Du wirfst mir vor, dass ich wegen meiner bevorstehenden Hochzeit nicht so viel Zeit für dich hatte?«

»Du hast mich am Telefon einfach abgewürgt!«

»Bitte, Emily, das spielt doch jetzt überhaupt keine Rolle. Lass mich nur eine Minute zu Lea, ich verspreche auch, dass ich …«

»Nein«, unterbrach Emily ihre Freundin und straffte die Schultern. Sie verstand, dass Julia wissen wollte, was passiert war, das wollte sie auch. Aber Lea musste sich jetzt erst mal beruhigen, vielleicht würde sie dann erzählen, was in der Kirche geschehen war. »Kapierst du nicht, dass Lea unter Schock steht? Sie will weder mit mir noch mit der Polizei reden. Und da kreuzt du hier auf und denkst, ich lasse dich zu ihr, damit sie am

Ende noch völlig durchdreht? Sorry, aber du musst jetzt gehen.«

»Und du kapierst wohl nicht, dass mein Mann spurlos verschwunden ist, seit er heute Morgen bei Chris raus ist! Deine Tochter kann nicht einfach für sich behalten, was passiert ist.«

»Dann solltest du Chris vielleicht mal fragen, was los ist. Der stand vorhin vor meiner Tür und wollte mich um Geld anpumpen. Geld, das ihm Sebastian angeblich schuldet.«

»Aber das ist doch Unsinn. Sebastian schuldet niemandem Geld.«

»Ruf ihn doch an, wenn du mir nicht glaubst. Er hat sogar verlangt, dass ich ihm einen Kontakt zu Thorsten herstelle. Und das nach dem, was heute in der Kirche war. Irgendwas Seltsames läuft da.«

Julia schaute seufzend zur Decke und massierte sich den Nacken. Auf ihrem Hals zeichneten sich hektische Flecken ab. »Was ist da bloß passiert?«, flüsterte sie. »Bitte, wenn Lea doch noch etwas sagt, ruf mich sofort an, okay?«

Emily versprach, sich zu melden, falls sie etwas erfahren sollte und Julia verabschiedete sich. Nachdem sie die Tür hinter ihrer Freundin geschlossen hatte, stellte Emily die Klingel aus und setzte sich zu ihrer Tochter, um die nächste Folge *PAW Patrol* anzusehen und dabei Nutellabrot zu essen. Heute wollte sie von nichts und niemandem mehr belästigt werden.

Kapitel 24

Langsam und bedächtig schiebe ich mich aus der Ecke von Emilys Kleiderschrank. Mein Adrenalinspiegel ist noch immer so hoch, dass ich keinerlei Müdigkeit oder Hunger verspüre. Nur meine volle Blase macht mir zu schaffen. Mit der Schulter verheddere ich mich in einem der Kleider. Der Bügel klappert auf der Stange und ich halte die Luft an, erstarre mitten in der Bewegung. Emily schnauft und rollt sich herum, doch anscheinend wacht sie nicht auf. Als ich mir ganz sicher bin, schäle ich mich endgültig aus dem Schrank. Ich stehe direkt vor ihrem Bett, ein Nachtlicht von Lea erhellt den Raum. Eigentlich sollte ich zusehen, dass ich so schnell wie möglich hier rauskomme, aber der Anblick von Emilys nackten Oberschenkeln, die unter der Bettdecke hervorlugen, fesselt mich und lässt mich sogar meine zum Bersten gefüllte Blase vergessen. Eine Weile betrachte ich sie, lausche ihrem regelmäßigen Atem. Ich strecke meine Hand aus, um sie zu berühren, halte mich aber gerade noch so zurück.

Am liebsten würde ich sie sofort mitnehmen, aber das geht nicht. Wenn ich will, dass alles funktioniert, muss ich mich an meinen Plan halten und darf nicht meinen Impulsen nachgeben. Aber eine Sache erlaube ich mir, bevor ich ihr Schlafzimmer verlasse. Ich hole mein Handy hervor und schieße ein paar Bilder von ihr. Das Nachtlicht spendet nicht viel Helligkeit, aber es reicht, um etwas auf den Fotos zu erkennen.

In der Diele ist es vollkommen dunkel und ich taste mich langsam vorwärts. Auf dem Weg nach draußen muss ich noch im Bad haltmachen und mich erleichtern. Da die Spülung Emily vermutlich wecken würde, klappe ich nur den Deckel runter und lasse meinen Urin in der Schüssel stehen. Ein kleines Geschenk für sie morgen früh. Direkt vor der Wohnungstür stoße ich mit dem Fuß gegen etwas Hartes. Es klirrt. Ich bücke mich und betaste, was mir da im Weg steht. Es ist ein Wasserkasten. Meine kluge Emily, sie hat eine Falle gebaut, für den Fall, dass der Spielzeugdieb zurückkehrt.

Leise räume ich den Kasten beiseite und schlüpfe in den Hausflur. Die Tür hinter mir schließe ich nicht ab. Wozu auch, wenn Emily doch dank der Wasserkiste und dem Urin in ihrer Toilette morgen sowieso wissen wird, dass jemand in ihrer Wohnung war? Was für ein Glück für sie, dass sie bald nicht mehr allein leben muss.

Als ich gerade auf dem Weg nach unten bin, springt das Licht im Treppenhaus an und die Haustür fällt ins Schloss. Ich stöhne innerlich auf. Wie viel Pech kann man haben? Aber wie sagt man so schön? Wenn die Generalprobe mies ist, wird die Premiere umso besser. Als ich Schritte auf der Treppe höre, ziehe ich den Kopf ein, starre zu Boden und stürme an dem Typen vorbei, der mir entgegenkommt. Das Haus hat fünf Stockwerke, woher soll er wissen, dass ich nicht bei einem der zahlreichen anderen Mieter zu Besuch war? Er hat nicht gesehen, aus welcher Wohnung ich gekommen bin und kann mich nicht mit Emily in Verbindung bringen. Nur darauf kommt es an.

Besucher schleichen in der Regel nicht durchs dunkle Treppenhaus. Außerdem hast du vor, jemanden zu entführen. Glaubst du nicht, dass die Polizei die Anwohner befragen wird und dann exakt diese Situation auf den Tisch kommt?

Na und? Der ist keine Gefahr für mich. Er hat mein Gesicht nicht gesehen, im Gegensatz zu der Alten. Da fällt mir ein, dass ich mit der ja noch eine Verabredung habe. Ich kehre um und gehe direkt in den Hinterhof. Zwar könnte ich versuchen, die Wohnungstür aufzubrechen, aber ich sollte kein unnötiges Risiko eingehen. Anscheinend herrscht in diesem Haus ja auch mitten in der Nacht reger Durchgangsverkehr, man könnte mich erwischen. Tatsächlich ist mir dieses Mal das Glück hold. Die Alte hat das Badezimmerfenster auf Kipp gelassen. Ich grinse in mich hinein. Wie leichtsinnig von ihr. Das wurde schon ganz anderen zum Verhängnis.

Kapitel 25

Entgegen ihren Befürchtungen hatte Emily die Nacht durchgeschlafen. Zum ersten Mal in dieser Woche fühlte sie sich ausgeruht. Allerdings nur so lange, bis sie ihre Schlafzimmertür öffnete. Die Getränkekiste in der Diele war bewegt worden. Schon wieder war jemand in der Wohnung gewesen. Ihr Blick ging sofort zu Lea, die quer über der Matratze auf Thorstens Seite lag. Ihr schien nichts zu fehlen. Emily schaute wieder den Kasten an. Warum hatte sie das nicht mitbekommen? Von dem Geräusch der Tür, die gegen die Kiste voller Glasflaschen knallte, hätte sie aufwachen müssen.

Ein beängstigender Gedanke kam ihr. Vielleicht hatte sie nichts gehört, weil die Person nicht von draußen reingekommen war, sondern umgekehrt. Was bedeuten würde, dass Thorsten gestern noch in der Wohnung gewesen war, als sie mit Lea nach Hause kam, und sich versteckt hatte, bis sie eingeschlafen war.

Diese Vermutung bestätigte sich, als sie ins Bad ging. Das Wasser am Boden der Toilette war gelb. Irgendjemand hatte nach dem Pinkeln nicht abgezogen. Klar, das hätte auch Lea gewesen sein können, doch seit sie in den Kindergarten ging, benutzte sie zuverlässig die Spülung und außerdem war da kein Klopapier. Nein, es musste Thorsten gewesen sein, der sich den ganzen Abend irgendwo versteckt und in der Nacht dann ihr Klo benutzt hatte.

Während sie im Bad stand und die Pisse ihres Noch-Ehemanns runterspülte, wandelte sich Emilys Angst in Wut. Was fiel Thorsten ein, sich auf diese niederträchtige Art und Weise zurück in ihr Leben zu drängen? Drehte er jetzt vollkommen durch und versuchte, ihr und Lea Angst einzujagen, nur weil sie auf eine Trennungsvereinbarung pochte? Woher nahm er das Recht, ein solches Chaos in ihrem Leben anzurichten? Er war derjenige, der ihre Beziehung zerstört hatte. Emily hatte nur die Konsequenzen gezogen und ihn rausgeworfen. Er hatte mit seiner Arbeitskollegin gevögelt, sich dabei erwischen lassen und konnte jetzt nicht mit den Folgen umgehen. Was für ein erbärmliches Würstchen war er doch. Warum hatte sie ihn überhaupt jemals geliebt?

Sie stürmte ins Wohnzimmer, wo ihr Handy lag, und hatte schon Thorstens Nummer gewählt, als ihr wieder einfiel, was ihr die Polizistin geraten hatte. Egal, was er tat, um sie zu provozieren, wie respektlos und grenzüberschreitend seine Aktionen waren, sie sollte am besten gar nicht darauf reagieren, jedenfalls nicht, solange er sie nicht körperlich bedrängte. Denn genau das war es, was er von ihr haben wollte: eine Reaktion. Sie sollte sich mit ihm beschäftigen und dabei war ihm egal, ob ihre Aufmerksamkeit positiv oder negativ war. Außerdem bekam er durch ihre Anrufe die Bestätigung, dass er sie mit seinen Machenschaften traf, was für ihn einen Erfolg bedeutete. Wenn sie sich einfach gar nicht meldete, bestand die Chance, dass er früher oder später aufgab.

Diese Erklärung leuchtete Emily ein, doch gleichzeitig widerstrebte es ihr, seine Unverschämtheiten unkommentiert zu lassen. Sie wollte nicht alles schweigend über sich ergehen lassen und sich vor ihm wegducken. Welches Signal sendete sie ihm denn damit?

Dass er mit ihr machen konnte, was er wollte? Er würde ihr Schweigen viel eher in diese Richtung deuten, das war ihre Meinung. Die Polizistin aber war erfahrener mit solchen Fällen von Belästigung und Psychoterror. So langsam musste Emily den Tatsachen ins Auge sehen. Das, was Thorsten da trieb, ging über ein normales Trennungsdrama hinaus.

Sie warf das Telefon aufs Sofa und ging ins Bad, um sich fertig zu machen. Heute würden sie und Lea in einem Café frühstücken und sich danach einen schönen Tag machen. Irgendetwas, das Lea von den gestrigen Ereignissen ablenkte, sodass sie sich von dem Schrecken erholen konnte. Wenn sie ein wenig Abstand gewann, würde sie vielleicht darüber sprechen, was in der Kirche vorgefallen war.

Kapitel 26

Beim Aufwachen habe ich starke Kopfschmerzen, außerdem tut mir jeder Knochen weh. Die Matratze von der Alten ist hart wie Stein und das Rumstehen in Emilys Schrank war nicht gerade gut für meinen Rücken. Ich fühle mich fast ein wenig verkatert.

Der Geruch von Mottenkugeln liegt schwer in der Luft und verursacht mir Übelkeit. Gestern Nacht habe ich das gar nicht so wahrgenommen. Außerdem ist da noch etwas anderes. Süßlich, metallisch. Vielleicht bilde ich es mir nur ein, aber die Alte in der Diele riecht schon jetzt ein wenig vermodert. Am liebsten würde ich das Fenster aufreißen, aber ich darf nicht riskieren, dass mich jemand sieht.

Nach dem ereignisreichen Tag gestern war ich so müde, dass ich mir erlaubt habe, mein Nachtquartier bei ihr aufzuschlagen. Nicht dass sie noch hätte Einspruch erheben können.

Eigentlich mag ich es überhaupt nicht, in fremden Betten zu schlafen, doch der Gedanke, dass Emily sich nur wenige Meter über mir befindet, hat es schon wieder aufregend gemacht. Über die Spuren, die ich bei meiner Übernachtung auf dem Bettzeug hinterlasse, mache ich mir keine Sorgen. Wie ich von Mutter weiß, wird bei alten Leuten oft nicht genau hingeschaut. Je nach Sachlage wird zwar mal eine äußere Leichenschau vollzogen, aber wenn es da keine Auffälligkeiten gibt, wird das Ganze schnell abgehakt. Pfleger in Altenheimen konnten teils Jahre unentdeckt morden, weil der Arzt bedenkenlos *natürliche Todesursache* angekreuzt hatte.

Und Mutter hatte so recht. Niemand hat die tödliche Dosis Morphium in ihrem vom Krebs ausgezehrten Körper entdeckt. Vielleicht haben sie es auch festgestellt, sind aber zu dem Schluss gekommen, dass sie dem erbärmlichen Rest ihres Lebens selbst ein Ende bereitet hat. Das ist naheliegend bei einer Frau, die ihr Leben lang auf eigenen Beinen stand und plötzlich permanent auf Hilfe von außen angewiesen ist. Falls sie es gefunden haben, besaßen sie jedenfalls die Pietät, den trauernden Sohn nicht damit zu belasten. Beim Hausdrachen ist die Todesursache zwar eine Verletzung, aber einen Sturz dürfte bei einer alleinlebenden über Achtzigjährigen niemand als außergewöhnlich ansehen.

Momentan habe ich offensichtlich einen Lauf, es fügt sich einfach alles zum Guten. Was ich auch verdient habe, immerhin war das Leben lang genug nicht fair zu mir. Seit Mutters Diagnose hat sich aber alles geändert. Nicht nur, dass ich Emily gefunden habe, was schon genug Belohnung gewesen wäre. Es ist, als hätte das Karma plötzlich zugeschlagen und mich für all die Widrigkeiten in meinem Leben entschädigt, die ich so tapfer ertragen habe.

Widrigkeiten. Du bist in einem Palast großgeworden. Andere Kinder würden sich die Finger nach den Möglichkeiten lecken, die ich dir eröffnet habe.

Kein Palast, eher ein Käfig. Zwar ein goldener, aber was bringt einem das, wenn man eingesperrt ist? Wenn die eigene Mutter dafür sorgt, dass man keine Freunde findet, weil man nichts von dem darf, was Gleichaltrige gern tun? Das Kind möchte ich sehen, das im Alter von zehn Jahren schon von einer Karriere in der Rechtswissenschaft träumt und gezwungen wird, sich mit der entsprechenden Literatur und einem nicht erfüllbaren Lernpensum darauf vorzubereiten. Welches Kind freut sich darüber, wenn es für die Note zwei mit einer Ohrfeige und Hausarrest belohnt wird?

Das sind ganz normale Erziehungsmethoden. Du bist schon von klein auf verweichlicht gewesen und ich habe versucht, dir das auszutreiben.

Da ich keine Lust habe, mir die Laune verderben zu lassen, gehe ich nicht weiter darauf ein und stehe auf. Im Flur steige ich über den Leichnam der Alten und passe auf, dass ich nicht in die Pfütze trete, die sich zwischen ihren Beinen gebildet hat. Ihre Augen sind offen und sie scheint mich skeptisch anzustarren, als könnte sie noch gar nicht glauben, dass ihr Leben wirklich beendet ist. Der Geruch von Kot und Urin breitet sich von ihr aus, eine unschöne Nebenbegleitung des Todes.

Ich gehe in die Küche und öffne die Schränke auf der Suche nach schwarzem Tee. Die Alte hat lediglich löslichen Kaffee und einen aromatisierten Früchtetee. Ich wäge ab, was schlimmer ist und entscheide mich nach einem Blick in den Kühlschrank für den Tee. Es gibt keine Milch, ohne die ich Kaffee, den ich ohnehin nicht mag, sicher nicht runterbekomme.

Während der Tee zieht und seinen widerlich süßen Gestank verbreitet, denke ich über die nächsten Schritte nach. Viel gibt es nicht mehr zu tun. Emilys Bett muss noch aufgebaut werden und ich muss irgendwie die Kameras dazu kriegen, ihr Signal auf die Monitore in Emilys Zimmer zu übertragen. Mittlerweile habe ich auch eine Idee, wo mein Fehler gelegen haben könnte und mit etwas Glück bekomme ich das später hin.

Vielleicht schaffe ich es, sie schon heute Nacht zu mir zu holen. Bei diesem Gedanken werde ich ganz ruhelos. Die Lust auf den Tee ist mir vergangen, jetzt will ich nur zu Mutters Haus und die Vorbereitungen abschließen.

Ich sehe mich noch einmal in der Wohnung um, ob irgendwo etwas von mir liegt, und wische mit einem Küchentuch oberflächlich alles ab, was ich berührt habe. Wie gesagt, über Spuren mache ich mir eigentlich keine Gedanken, man sollte nur an verdächtigen Stellen keine Fingerabdrücke von mir finden.

Das Fenster im Bad fällt mir ein und ich überprüfe, ob ich es wieder verschlossen habe, damit niemand einen Einbruch vermutet und die Polizei ruft. Im Endeffekt kann es mir egal sein, wann die Leiche gefunden wird, zumal sie bei den Temperaturen bald anfangen wird zu stinken. Aber es schadet sicher auch nicht, wenn bis dahin noch etwas Zeit vergeht.

Schließlich beobachte ich durch den Spion einen Moment lang das Treppenhaus und verlasse dann die Wohnung. Niemand begegnet mir auf dem Weg nach draußen. Ich kann mir ein Grinsen nicht verkneifen, als ich in die Sonne trete. Das ist ein Zeichen, da bin ich mir sicher. Ich mache alles richtig, alles wird gut werden.

Plötzlich höre ich hinter mir Stimmen im Treppenhaus, außerdem Schritte, also sehe ich zu, dass ich von der Tür wegkomme. Neugierig drehe ich mich um und meine Hoffnung bestätigt sich.

Es sind Emily und Lea. Wie immer trägt sie einen Rock, heute geblümt, dazu bunte Clogs mit einer Holzsohle, ähnlich denen, die Mutter in den Neunzigern zur

Gartenarbeit getragen hat. Furchtbare Schuhe, doch selbst in diesem Outfit sieht Emily umwerfend aus, sodass ich meinen Blick nicht von ihr lösen kann. Der Tretroller der Kleinen rattert über das Kopfsteinpflaster. Ich frage mich, wohin die beiden gehen. Ob ich ihr folgen soll, um es herauszufinden? Eigentlich habe ich etwas anderes vor, aber die Frage, was sie gemacht hat, würde mich vermutlich den ganzen Tag nicht loslassen. Ein wenig Zeit habe ich sicher noch. Nein, falsch: Für Emily habe ich alle Zeit der Welt.

Kapitel 27

Da Emily keine Lust auf das Café an der Straßenecke hatte, machte sie sich gemeinsam mit Lea auf den Weg zum Hackeschen Markt. Um die spätere Parkplatzsuche zu vermeiden, ließ sie das Auto stehen und packte stattdessen Leas Tretroller ein. Sie würden die knapp zwei Kilometer zu Fuß gehen und sich ein schönes Café aussuchen. Das Paulina's fiel ja leider aus, nachdem es bei Clanstreitigkeiten – so viel hatte Emily mittlerweile herausgefunden – zertrümmert worden war.

Auf der Rosenthalerstraße steuerte Emily gerade ein gemütliches Café an, in dessen Außenbereich noch Tische frei waren, als ihr Jannes auf dem Rad entgegenkam.

»Hey, guten Morgen ihr zwei«, rief er und hielt an. »Auf dem Weg zum Brunchen?«

Emily lächelte gequält. Vermutlich würde er sich gleich selbst dazu einladen. »Wir hatten gestern einen anstrengenden Tag, da dachte ich, wir haben uns heute etwas Ruhe verdient«, sagte Emily in der Hoffnung, dass er ihre unterschwellige Botschaft verstand.

Tat er natürlich nicht. »Ich habe heute auch noch nichts gegessen. Was dagegen, wenn ich mich euch anschließe?«

»Weißt du, Lea geht es momentan wirklich nicht so ...«, fing Emily an, überlegte es sich dann aber anders. Wenn Thorsten sie tatsächlich im herkömmlichen Sinne stalkte, war es gut möglich, dass er ihr auch jetzt nachstellte und sie beobachtete. Bestimmt würde es ihn rasend eifersüchtig machen, wenn sie mit dem jungen

Studenten beim Frühstück ein wenig flirtete. Außerdem konnte sie so vielleicht herausfinden, ob ihm in den letzten Tagen etwas Merkwürdiges aufgefallen war. »Ach, weißt du was? Warum denn nicht.«

Jannes strahlte sie an und schaute sich nervös um, als hätte er nicht mit einer positiven Antwort gerechnet. »Okay. Also dann, wo gehen wir hin? In die Höfe? Da gibt es einen Laden, der macht saugute vegane Eierspeisen.«

Emily schüttelte den Kopf über diesen Widerspruch, willigte aber ein. Solange sie dort auch etwas Butter und Käse sowie ein Müsli für Lea bekam, sollte es ihr recht sein.

Der Laden führte weder Butter noch Käse und Müsli nur mit Sojajoghurt, an den Lea sich aber ohne zu murren rantraute.

Emily wählte auf Jannes' Empfehlung ein veganes Rührei aus Tofu, obwohl sie sich nicht vorstellen konnte, wie das auch nur annähernd nach Rührei schmecken, geschweige denn mit der Konsistenz hinkommen sollte. Als ihre Bestellung kam, war sie überrascht. Natürlich hatte das wenig von echtem Ei, aber es schmeckte auch nicht nach Pappe und war durchaus essbar.

Nachdem sie aufgegessen hatten, verzog sich Lea in die Kinderecke, wo Bilderbücher und Puzzles bereitlagen. Sie wirkte etwas gelöster als gestern, was Emily beruhigte.

»Ist alles in Ordnung bei dir? Du wirkst so gestresst.« Jannes legte ihr freundschaftlich die Hand auf den Arm. Er schien ihren besorgten Blick bemerkt zu haben.

Emily nahm den letzten Schluck ihres Mandelmilch-Kaffees und schaute ihn ernst an. »Nein. Um ehrlich zu sein, geht es mir momentan überhaupt nicht gut.«

Jannes zog erstaunt die Augenbrauen hoch. »Wow, so eine ehrliche Antwort bekommt man selten. Normalerweise erzählt immer jeder davon, wie fabelhaft alles läuft.«

Vielleicht in deiner Instagram-Scheinwelt, lag es Emily auf der Zunge, doch sie verkniff sich den Kommentar und zuckte nur mit den Schultern. »Es bringt nichts, sich etwas vorzumachen.«

»Willst du mir verraten, was los ist? Immer noch wegen deinem Auto?«

Emily legte den Kopf schief und betrachtete ihn nachdenklich.

Was, wenn sie sich in Thorsten täuschte und es Jannes war, der ein falsches Spiel spielte? Sie dachte an den Umschlag von ihrem Anwalt, den er *versehentlich* aufgerissen hatte. Es war doch denkbar, dass er derjenige war, der ...

Nein, schalt sich Emily in Gedanken. Jannes war vielleicht hin und wieder etwas aufdringlich, aber er war kein Creep. Das mit dem Brief war ein dummes Missgeschick gewesen, das jedem passieren konnte.

»Tut mir leid, ich wollte nicht neugierig wirken.« Jannes klang geknickt und er hatte recht. Sie hatte davon angefangen, da konnte sie jetzt keinen Rückzieher machen.

»Schon gut, es ist nur etwas viel in letzter Zeit.« Sie überlegte, wo sie anfangen sollte. »Du weißt ja, dass Thorsten und ich uns schon vor einer Weile getrennt haben.«

»Oh ja. Er ist ein ganz schöner Idiot, eine Frau wie dich zu betrügen.«

Emily hob alarmiert den Kopf. Ihr Nacken verspannte sich. »Woher weißt du davon? Wir haben niemals darüber gesprochen.«

Jannes hob beschwichtigend die Hände. »Du hast wohl vergessen, dass im Erdgeschoss eine äußerst neugierige alte Dame wohnt. Sie ist nicht nur neugierig, sondern auch einsam und nutzt jede Gelegenheit, um die Leute in ein Gespräch zu verwickeln.«

Sylvia Grandt also.

Das hätte sie sich auch denken können. Ihr gegenüber hatte Emily bestimmt mal den Grund für die Trennung fallen lassen und es war kein Geheimnis, dass sie gern tratschte. Sie entspannte sich etwas. »Wie auch immer, das tut nichts zur Sache. Er hat die Trennung jedenfalls nicht besonders gut aufgenommen und hat angefangen mich ... nun, mich zu verfolgen und zu belästigen.«

»Er stalkt dich also?«

Emily nickte. Es war ihr zuwider, das Wort *Stalking* zu verwenden, aber das traf es wohl am besten. »Es fing damit an, dass ständig mein Telefon klingelte und sich niemand gemeldet hat, wenn ich drangegangen bin. Ab und zu war er auch in der Wohnung, um mir Blumen hinzustellen. Jetzt geht er aber so weit, dass er nachts bei mir einsteigt.«

»Glaubst du, das mit dem Auto war er auch?«

»Wäre schon ein seltsamer Zufall, wenn nicht. Diese Elster auf dem Sitz ... Ich dachte im Dunkeln erst, dass er meine Katze umgebracht hätte.« Emily blinzelte die Tränen weg, die sich in ihren Augen sammelten.

»Dabei saß sie bei mir und hat sich auf der Fensterbank genüsslich die Sonne auf den Pelz brennen lassen.« Jannes schaute an ihr vorbei. Sein Blick verfinsterte sich. »Jetzt raffe ich auch, warum du so komisch reagiert hast. Das muss ja seltsam auf dich gewirkt haben, dass deine Katze plötzlich aus meiner Wohnung stiefelt.«

»Ich muss zugeben, im ersten Moment habe ich gedacht, du wärst bei mir eingebrochen.« Emily lachte nervös. Warum hatte sie das gerade gesagt? Manchmal war es besser, einfach den Mund zu halten. »Nicht, dass ich das immer noch glauben würde.«

»Das beruhigt mich. Warst du schon bei der Polizei?«

»Ja, aber die können nicht viel machen. Sie wollten Thorsten einen Besuch abstatten, aber ich weiß nicht, was dabei rausgekommen ist.«

»Das ist gut.« Jannes lächelte ihr zu, dann schaute er auf sein Handy. »Oh, Mist. Ich hab total vergessen, dass ich noch eine Verabredung habe. Tut mir leid, wenn ich dich jetzt so sitzen lasse. Wenn du Hilfe brauchst, du kannst dich jederzeit bei mir melden.« Er stand auf und winkte dem Kellner. Plötzlich schien er es sehr eilig zu haben.

Seltsam, dachte Emily. Da schüttete sie ihm ihr Herz aus und er sprang einfach auf und rannte davon. Plötzlich war sie wohl doch nicht mehr so interessant für ihn mit ihren Problemen im Gepäck.

»Soll ich für dich mitzahlen?«, fragte er, als der Kellner angelaufen kam.

»Auf keinen Fall. Du bist Student.«

Jannes drückte der Bedienung zwanzig Euro in die Hand, schnappte sich sein Fahrrad und schwang sich darauf. Zum Abschied zwinkerte er Emily noch mal zu und war auch schon verschwunden.

Kopfschüttelnd sah ihm Emily nach, dann schaute sie rüber zur Spielecke, wo Lea alleine am Rand saß und in einem Bilderbuch blätterte. Ihre blonden Haare hingen ihr ins Gesicht, doch das schien sie nicht zu stören. Emily lächelte. Ihre Tochter war das Beste, was ihr in ihrem Leben passiert war, und egal, wie mies Thorsten sich verhielt, sie war dankbar, dass er ihr Lea geschenkt hatte. Ihr zuliebe hoffte sie, dass sich die Situation irgendwann wieder entspannen würde. Wenn er seine Tochter genauso liebte wie sie, musste er darüber hinwegkommen, dass ihre gemeinsame Zeit als Ehepaar beendet war und sich mit seinem neuen Leben abfinden.

Emilys Handy auf dem Tisch vibrierte. Es zeigte eine Berliner Nummer an. Sie nahm den Anruf entgegen.

»Frau Windaus, hier ist Hauptkommissarin Uhlemann. Können Sie zu uns aufs Revier kommen? Am besten gleich?«

Emily runzelte die Stirn. Hatten sie nicht davon gesprochen, dass Lea sich erst mal beruhigen sollte, um es dann noch mal zu versuchen? Seit der letzten Vernehmung waren nicht mal vierundzwanzig Stunden vergangen. »Ich weiß nicht, ob meine Tochter schon so weit ist.«

»Es geht nicht um Ihre Tochter. Wir müssten dringend mit Ihnen reden. So schnell wie möglich.«

Kapitel 28

Was bin ich doch nur für ein Glückspilz? Ich hatte nicht geplant, hierher zu kommen, doch dann führt mich Emily zum Hackeschen Markt und wer rennt da quasi genau in mich rein?

Es ist, als hätte sie mir unbewusst zeigen wollen, wo dieses Arschloch sich aufhält.

Er hat meiner Emily wehgetan und ihr Angst gemacht, sonst hätte sie ihm wohl kaum auf offener Straße eine Ohrfeige verpasst. Ich habe die Situation noch immer vor Augen, die Angst auf ihrem Gesicht, wie sie sich verzweifelt gewehrt hat, als er sie festhielt. Dafür wird er büßen.

Hattest du nicht gerade noch etwas anderes vor?

Was interessiert dich das, Mutter? Es geht hier um Emily. Ich kann diesen Kerl nicht einfach so davonkommen lassen! Er muss lernen, dass man eine Frau nicht einfach so vor ihrer eigenen Haustür belästigt.

Dafür holt man sie sich lieber in die eigenen vier Wände, was?

Ich blende Mutter aus und konzentriere mich wieder auf den Lackaffen. An seiner Seite ist eine Frau, die aussieht, als wäre sie gerade aus einem Club gefallen.

Sie hat überall Tattoos. Ich werde nie verstehen, warum Frauen ihren Körper so verschandeln. Wie soll das erst aussehen, wenn sie alt und faltig sind und die Bilder auf der Haut zu einer schrumpeligen Masse verschmelzen?

Gemeinsam schlendern die beiden über den Marktplatz.

Vor einem Café trennen sich ihre Wege. Sie gibt ihm

einen Kuss, dann dreht er sich um und betritt den fast leeren Innenraum, wo er sich an einen Tisch setzt.

Ich lehne mich an einen Laternenpfahl und tue so, als würde ich etwas auf meinem Handy nachsehen. Die Sonne brennt mir auf die Arme und ich fange an zu schwitzen. Vielleicht sollte ich auf Mutters Rat hören und mich aufs Wesentliche konzentrieren. Er wird Emily nichts mehr antun können, warum sollte ich also meine Zeit mit ihm verschwenden? Bevor ich eine Entscheidung treffen kann, nimmt er sie mir ab. Schon nach wenigen Minuten kommt er mit einem dämlichen Grinsen auf dem Gesicht wieder aus dem Café. Das wird ihm schon noch vergehen.

Er geht an den Gästen im Außenbereich vorbei in Richtung Straße. Ich folge ihm und gebe mir keine große Mühe, unauffällig zu bleiben. Er kennt mich nicht, also muss ich mir keine Sorgen machen. Hoffentlich fährt er jetzt nicht stundenlang durch die Stadt. Am Randstein bleibt er stehen und schaut wie ein braver Schuljunge nach links und rechts. Ich tue es ihm gleich.

Von links nähert sich eine Kolonne Autos. Verstohlen sehe ich mich um. Niemand beachtet uns. Warum auch? Seine tätowierte Alte ist nicht mehr dabei und für zwei stinknormale Männer interessiert sich niemand.

Ein SUV braust heran, laute Musik dröhnt aus dem Innenraum. Ich lege dem Typen die Hand auf den Rücken und als der SUV sich genau auf unserer Höhe befindet, gebe ich ihm einen festen Stoß und gehe sofort wie beiläufig weiter. Er taumelt, macht einen Ausfallschritt über die Bürgersteigkante. Um seinen Sturz abzufangen, streckt er die Arme nach vorne aus.

Der Hintermann des SUVs, ein Lieferwagen, steigt auf die Bremse, hupt und seine Reifen quietschen, als er das Lenkrad herumreißt. Sein Ausweichmanöver kommt zu spät. Die Menschen an den Tischen springen auf, einige schlagen geschockt die Hände vors Gesicht, andere schreien. Tumult bricht aus. Der Lieferwagen erwischt den Typen mit voller Breitseite und schleudert ihn durch die Luft gegen den Kofferraum des SUVs.

Für einen Moment bleibe ich stehen und gönne mir einen Blick auf das Ergebnis meines hinterhältigen Angriffes. Dann sehe ich zu, dass ich hier wegkomme.

Kapitel 29

In Emilys Kopf war nichts als weißes Rauschen. Sie sah, dass sich die Lippen von Hauptkommissarin Uhlemann bewegten, doch die Worte drangen nicht zu ihr durch. In ihren Gedanken wiederholte sie die Nachricht, die sie ihr eben überbracht hatten.

Thorsten war tot.

Sie waren heute Morgen zu seiner Wohnung gefahren, um ihn zu befragen, und hatten seine Leiche gefunden. Ihr Ehemann, der Vater ihrer Tochter sollte plötzlich nicht mehr leben. Wenn das nur ein böser Traum war, dann wollte sie jetzt schleunigst aufwachen.

»Das ... das kann nicht stimmen. Woran ...? Ich meine, wie soll das gehen? Thorsten ist doch erst vierzig.« Emily fokussierte ihren Blick und starrte der Kommissarin ins Gesicht in der Hoffnung, irgendeinen Hinweis darauf zu finden, dass es sich dabei um einen makaberen Scherz handelte.

»Es tut mir sehr leid, Frau Windaus«, sagte Frau Uhlemann und legte ihr mitfühlend die Hand auf die Schulter. Emily schüttelte sie ab und wich zurück.

»Sind Sie sicher, dass er es ist? Das muss ein Missverständnis sein.«

»Die Leiche wurde zweifelsfrei identifiziert.«

Emily fühlte sich plötzlich zu schwach zum Stehen. Sie streckte den Arm aus, um sich an der Stuhllehne neben ihr festzuhalten, verfehlte sie aber und taumelte. Die Polizistin kam zu ihr und stützte sie.

»Was ist mit ihm passiert?«, fragte Emily kraftlos.

»Das können wir noch nicht mit Bestimmtheit sagen, aber bisher sieht alles nach einem tragischen Unfall aus.«

»Ein Unfall? Wurde er von einem Auto angefahren?« In Emilys Kopf manifestierten sich sofort Bilder von Thorsten, wie er mit verdrehten Gliedmaßen durch die Luft geschleudert wurde und sie schüttelte sich, um diese Gedanken zu vertreiben.

»Nein, kein Autounfall.« Frau Uhlemann lächelte sie milde an. »Kommen Sie, setzen Sie sich doch erst mal. Sie sind ganz blass. Brauchen Sie ein Glas Wasser?«

Emily ließ sich von ihr zu einem Stuhl führen. »Wenn es kein Autounfall war, was dann?«

»Es ist besser, wenn Sie das so detailliert gar nicht wissen.«

»Ich will es aber wissen. Er ist mein Mann, wir waren noch verheiratet. Sagen Sie es mir also bitte.«

Die Kommissarin seufzte und knetete ihre Hände. »Es sieht alles nach einem autoerotischen Unfall aus«, murmelte sie. »Allerdings muss die Auswertung der Spuren das erst noch bestätigen.«

Ein bitteres Lachen entfuhr Emilys Kehle. »Wie bitte? Was habe ich mir darunter vorzustellen?«

»Wie sich die Sache für uns darstellt, hat er sich versehentlich bei dem Versuch, sich die Luft beim Onanieren abzuschnüren, stranguliert.«

»Thorsten?« Emily konnte nicht fassen, was sie hörte. Ihr Mann, der nicht mal in die Sauna gehen wollte, weil er so prüde war und sich schon als Teenager geweigert hatte, sich in der Gemeinschaftsdusche nach dem Sport auszuziehen? Der Thorsten, der am liebsten beim Sex das Licht ausschaltete, sollte sich bei der

Selbstbefriedigung stranguliert haben? Das klang überhaupt nicht nach ihm. Plötzlich kam Emily ein anderer, beängstigender Gedanke. »Wann ist es passiert?«, fragte sie und ihre Stimme zitterte aus Angst vor der Antwort.

Frau Uhlemann setzte eine bedauernde Miene auf. »Der Verwesungszustand war schon fortgeschritten. Genaues wird die Obduktion ergeben, aber er lag mindestens ein paar Tage in der Wohnung. Schätzungsweise vier oder mehr.«

Emily spürte, wie ihr das Blut in die Beine sackte. Obwohl sie saß, wurde ihr schwindelig und sie krallte sich in die Armlehnen.

Wenn Thorsten seit mindestens vier Tagen tot war, dann konnte er die Anrufe nicht getätigt haben und er war auch nicht derjenige, der ihre Autoscheibe eingeschmissen hatte.

Vor allem war er nicht derjenige, der mehrfach in ihre Wohnung eingedrungen war. Emilys Kopfhaut kribbelte. »Jemand muss seinen Schlüssel genommen haben«, flüsterte sie.

»Das untersuchen wir.«

Sie starrte die Kommissarin mit leerem Blick an. »Wenn es nicht Thorsten war, wer war es dann?«

»Auch dem werden wir nachgehen. Morgen schicken wir ein Team der Spurensicherung bei Ihnen vorbei. Fassen Sie bis dahin möglichst wenig an.«

Emily lachte schnaubend aus. »Wie soll das funktionieren in meiner eigenen Wohnung?«

»Vielleicht wäre es ohnehin ratsam, dass Sie sich die nächste Zeit dort nicht allein aufhalten. Nur, um sicherzugehen. Gibt es jemanden, bei dem Sie für ein paar Tage unterkommen können? Nur zu Ihrer Sicherheit.«

»Ist das nicht Ihre Aufgabe, für meine Sicherheit zu sorgen?«

»Wir haben die Ermittlungen bereits eingeleitet, aber der bisher einzige Verdächtige scheidet aus offensichtlichen Gründen aus. Mehr können wir momentan nicht tun. Personenschutz ist leider erst denkbar, wenn der Täter Sie auch körperlich angegangen ist.«

»Und wie nennen Sie das, was gestern in der Kirche passiert ist?« Emily musste sich zusammenreißen, die Kommissarin nicht anzuschreien. Sie wusste, dass die Frau nichts für die Vorschriften konnte, aber sie fühlte sich so ungerecht behandelt wie selten in ihrem Leben.

»Ihre Tochter ist unversehrt und bisher deutet nichts darauf hin, dass die beiden Sachverhalte in einem Zusammenhang stehen.«

»Sachverhalte«, wiederholte Emily verächtlich. »Wir reden hier über mein Leben.« Sie stand auf und öffnete die Tür zum Nebenraum, in dem Lea mit einem Malbuch saß und auf sie wartete. Sie streckte die Hand nach ihrer Tochter aus. »Komm, Schätzchen, wir gehen.«

Kapitel 30

Auf dem Nachhauseweg drehten sich Emilys Gedanken im Kreis. Sie hatte Lea noch nichts gesagt. Wie sollte sie einer Fünfjährigen auch erklären, dass ihr Vater nicht mehr lebte? Noch vor einer Woche hatte Lea den Tag bei ihm verbracht und jetzt war er auf einmal nicht mehr da und die Polizei saß da und drehte Däumchen, während irgendein Fremder ihr Leben zerstörte. Jemand stellte ihr nach, terrorisierte sie und drang in ihre Wohnung ein. Sie blieb stehen und schaute ihre Tochter ernst an.

»Lea, du musst mir sagen, was gestern in der Kirche passiert ist.«

Die Augen ihrer Tochter weiteten sich, Tränen schwammen darin und sie presste die Lippen aufeinander.

»Schätzchen, das ist wirklich wichtig. Dir passiert nichts, aber du musst jetzt darüber sprechen. Ich bitte dich.«

»Aber ich weiß es nicht.«

Emily versuchte die Wut, die in ihr aufstieg, zu unterdrücken. Lea war an nichts schuld, sie war nur ein kleines Mädchen, das etwas Traumatisches erlebt hatte. »Wie kannst du das nicht wissen? Irgendwie muss doch das ... Wie ist das Blut auf dein Kleid gekommen? Wer war das?« Sie packte ihre Tochter am Arm und griff dabei fester zu, als sie beabsichtigt hatte.

Lea brach nun endgültig in Tränen aus. »Ich hab nichts gesehen! Wirklich nicht, Mama.«

Sie zog ihre Tochter in die Arme. »Es tut mir leid, ich

wollte dir keine Angst machen. Aber du musst es mir verraten. Warum hast du nichts gesehen? Ich verstehe das nicht.«

Lea zog die Nase hoch und krallte sich an Emily fest. »Ich war auf dem Klo und dann kam jemand und hat mir die Augen zugehalten. Plötzlich war ich ganz nass.«

»Du hast nicht gesehen, wer das war?«

Lea schüttelte den Kopf.

»Hat die Person etwas zu dir gesagt?«

»Ja. Ein Geheimnis.«

»Und was, Schätzchen? Verrat es mir, ich erzähle es auch keinem weiter.«

»Dass, wenn ich was verrate, sie mir wehtut. Ich musste die Augen zumachen und bis zehn zählen und dann war sie weg.«

»Sie? War es eine Frau?« *Keine Suggestivfragen,* schoss ihr der Rat von Frau Uhlemann durch den Kopf. Aber das war ihr jetzt egal. Sie wusste schließlich am besten, wie sie etwas aus ihrer Tochter herausbekam.

Lea zuckte mit den Schultern. »Es war eine unheimliche Flüsterstimme.«

»Gehörte die Flüsterstimme zu einem Mann oder einer Frau, was glaubst du?«

»Ich weiß es nicht, Mama.« Leas Stimme zitterte, sie war kurz davor, erneut in Tränen auszubrechen. »Vielleicht war es ein Monster. Kommt es zurück und tut mir weh?«

»Das werde ich nicht zulassen, Liebling. Auf keinen Fall. Es ist gut, dass du es mir gesagt hast.« Emily hielt Lea noch eine Weile im Arm.

Was wollte ihr Stalker – das Wort kam ihr mittlerweile leicht über die Lippen – damit bezwecken, dass er auf einer Hochzeit auftauchte und ihre Tochter zu Tode erschreckte? Und warum waren sowohl der Bräutigam als auch das zweite Blumenmädchen verschwunden? Wenn er Emily treffen wollte, hätte er dann nicht viel eher Lea entführt? Sollte die Kommissarin recht haben und das alles hatte wirklich nichts mit den anderen Vorfällen zu tun? Sie fand keine Erklärung dafür, egal, wie sehr sie versuchte, einen Zusammenhang herzustellen.

Als die beiden wenige Minuten später vor ihrer Wohnung standen, schnürte es Emily vor Beklemmung die Luft ab.

Sie steckte den Schlüssel ins Schloss, wagte es aber nicht, ihn umzudrehen. Was, wenn der Stalker schon wieder in der Wohnung gewesen war? Oder noch viel schlimmer, wenn er hinter der Tür auf sie wartete? Jetzt bereute sie, einfach aus dem Revier gestürmt zu sein. Vielleicht hätte sich Frau Uhlemann bereit erklärt, sie zumindest nach Hause zu begleiten.

»Gehen wir nicht rein, Mama?«, fragte Lea.

Emily lächelte sie an. Für ihre Tochter musste sie stark sein, denn sie wollte ihr nicht noch mehr Angst einjagen, als sie schon hatte. »Doch, natürlich.«

Zögernd drehte sie den Schlüssel um und schob die Tür auf. Sie lauschte mit angehaltenem Atem in die Wohnung und hörte, wie Gismo von der Fensterbank sprang, dann das Klacken seiner Krallen auf den Holzdielen. Er kam aus dem Wohnzimmer, blickte Emily an und miaute.

Noch immer stand Emily regungslos da, die Hand auf dem Türknauf. Sie fühlte sich unbehaglich, aber sie konnte wohl kaum stundenlang auf dem Hausflur stehen.

Schließlich löste sie sich aus ihrer Starre, überwand sich und trat ein. Schnell überprüfte sie die Räume. Küche, Bad, Wohnzimmer und schließlich ihr Schlafzimmer und Leas Zimmer.

Die Wohnung war leer.

Für einen Augenblick atmete Emily erleichtert auf. Nichts wies darauf hin, dass ihr der Stalker erneut einen Besuch abgestattet hatte. Doch die Anspannung kehrte sofort zurück. Nur weil sie keine Anzeichen dafür fand, hatte das nicht zu bedeuten, dass er nicht hier gewesen war.

Sie beschloss, ihre Bedenken bezüglich ihrer Mutter über Bord zu werfen, und nahm sich das Telefon. Damit Lea nicht mitbekam, worüber sie redeten, ging sie ins Schlafzimmer.

Auf dem Haustelefon nahm niemand ab, weshalb es Emily auf dem Handy versuchte.

»Wer stört im Urlaub?«, begrüßte ihre Mutter sie.

Enttäuschung machte sich in Emily breit. Jetzt fiel es ihr wieder ein. Ihre Mutter war mit ein paar Freunden in deren Ferienhaus in Schweden, das direkt an einem See lag. Bis Anfang August wollte sie bleiben.

»Hallo, Mama«, sagte sie matt und fuhr sich durch die Haare. »Wollte nur mal eben hören, wie es dir da oben so geht. Nicht, dass du es zu schön findest und nicht mehr zurückkommst.«

»Wie käme ich denn auf die Idee, meine Tochter und vor allem meine wunderschöne Enkelin zu verlassen? Auf keinen Fall. Außerdem ist es hier nur im Sommer schön, im Winter friert man sich sicher den Hintern ab.« Sie lachte heiser, dann hustete sie. Eine Folge des jahrelangen Zigarettenkonsums.

»Dann bin ich beruhigt.«

»Deswegen rufst du aber nicht an, oder? Ist etwas passiert?«

Emilys Kehle war wie zugeschnürt, das Atmen fiel ihr schwer. »Ja«, presste sie hervor. »Es ist ... Thorsten.«

»Ach herrje. Habt ihr euch wieder gestritten?«

Verzweifelt schnappte Emily nach Luft. Sie wurde von ihren Gefühlen übermannt, als begriff sie erst jetzt richtig, was passiert war. Es ihrer Mutter zu erzählen, machte es so real, so endgültig. »Er ist tot, Mama.«

Am anderen Ende der Leitung herrschte einen Moment entsetztes Schweigen. »Wie bitte?«

Die Reaktion ihrer Mutter fiel ähnlich aus wie ihre eigene.

»Es war anscheinend ein Unfall und ... das ist noch nicht das Schlimmste.« Emily biss sich auf die Zunge. Wie das klang. Natürlich war es das Schlimmste an ihrer Geschichte, aber erst mit allen Informationen formte sich ein Bild darüber, wie schrecklich sie sich gerade fühlte.

Nach und nach erzählte Emily ihrer Mutter, was in den letzten Tagen vorgefallen war und wie sehr sie letztlich die Nachricht von Thorstens Tod heute von den Beinen gerissen hatte. »Eigentlich wollte ich dich fragen, ob Lea und ich für ein paar Tage zu dir kommen können, aber das fällt ja wohl aus«, schloss Emily ihren Bericht.

»Was glaubst du denn? Ganz gewiss fällt das *nicht* aus. Ich setze mich sofort an den Computer und schaue, wann der nächste Flug nach Tegel geht. Zur Not nach

Hamburg, aber ich komme so schnell wie möglich heim.«

Wieder stiegen Emily Tränen in die Augen, diesmal aber aus Erleichterung. Auf ihre Mutter konnte sie sich immer verlassen. Egal, wo sie war, sie würde jeden Hebel in Bewegung setzen, um ihr zur Seite zu stehen. »Danke«, flüsterte sie in den Hörer.

»Das ist ja wohl selbstverständlich. Aber überleg doch bitte, für eine Nacht ins Hotel zu gehen. Nur für den Fall, dass ich erst morgen einen Flug bekomme.«

»Ich weiß nicht, Mama. Lea ist wegen der Sache mit der Kirche noch völlig durch den Wind. Von Thorsten habe ich ihr noch gar nichts erzählt, geschweige denn von den anderen ...« Sie suchte nach dem passenden Wort, fand aber keines, das sie zufriedenstellte. »... Vorkommnissen. Ich will sie nicht noch mehr durcheinanderbringen, als sie schon ist.«

»Mmh.« Diese Antwort schien ihrer Mutter gar nicht zu passen, aber sie war nicht der Typ, der ihre erwachsene Tochter bevormundete. Auch wenn sie anderer Meinung war, akzeptierte sie die Entscheidungen, die Emily traf. In diesem Fall ließ sie es allerdings nicht unkommentiert. »Du musst wissen, was du machst. Aber versprich mir, dass du es dir noch mal überlegst. Und zögere keine Sekunde zu lange, die Polizei zu rufen, wenn dir etwas komisch vorkommt, ja?«

Die beiden verabschiedeten sich und Emily tigerte ruhelos in der Wohnung umher. Hoffentlich schaffte ihre Mutter es, noch heute einen Flug zu ergattern.

Kapitel 31

Geschafft. Es ist tatsächlich geschafft. Ich kann es noch gar nicht glauben, dass ich die Übertragung der Webcams ohne fremde Hilfe hinbekommen habe. Jetzt ist alles bereit für Emily und Lea. Ich bin ganz entzückt, wie gut es geworden ist. Das Zimmer ist fast schon gemütlich mit dem Bett und dem kleinen Tisch, den ich Emily noch dazugestellt habe. Den Monitor, über den sie Lea beobachten kann, habe ich an die Wand gehängt und ihr außerdem noch einen Stuhl aus der Küche gegönnt. Sie soll ja nicht wie ein Tier hausen. Zumindest nicht, solange sie sich benimmt. Wobei ich daran überhaupt keine Zweifel hege, denn die kleine Lea und ich werden schon dafür sorgen, dass sie es tut.

Ich schließe die Tür und gehe ins Bad, wo ich mich dusche. Zur Feier des Tages rasiere ich mich außerdem ordentlich und schneide mir Finger- und Fußnägel. Auch ein Hemd habe ich extra gebügelt. Nachdem ich es angezogen habe, entscheide ich mich jedoch dagegen. Es ist viel zu warm dafür und ich würde es nur vollschwitzen. Heute wird Emily es ohnehin nicht zu schätzen wissen, dass ich mich für sie aufbrezle.

Das, was andere Leute jeden Tag an Körperhygiene betreiben, nennst du also aufbrezeln?

Ich lächle meinem Spiegelbild zu und fahre mir mit den Fingern durch die noch feuchten Haare. Heute kann Mutter mir nicht die Laune verderben. Ich bin viel zu aufgeregt, weil ich Emily gleich zu mir holen werde. Nun ja, was heißt gleich, bis es dunkel wird, muss ich mich schon noch gedulden. Auch wenn es mir schwerfällt, darf ich jetzt nichts überstürzen. In der Eile passieren Fehler und so kurz vor der Ziellinie möchte ich die unbedingt vermeiden.

Nachdem ich angezogen bin, gehe ich runter in die Küche und mache mir eine Kleinigkeit zu essen, um mich abzulenken. Der Kühlschrank ist zum ersten Mal seit Langem wieder gut gefüllt. Lea und Emily soll es an nichts mangeln. Niemand soll mir vorwerfen, ich hätte meine beiden Engel nicht so gut wie möglich verwöhnt. Sogar Bio-Eier habe ich gekauft, Pesto und Gouda am Stück, Vollkornbrot und die Schokopops, die Lea so gerne isst. Außerdem viel Obst und Gemüse, denn Emily ernährt sich gern gesund.

Ich haue mir zwei Eier in die Pfanne, bin aber letztlich zu aufgeregt, um sie zu genießen, und schlinge sie nur herunter. Dann halte ich es nicht mehr aus. Nichts zu überstürzen bedeutet nicht, dass ich nicht schon mal rüber nach Prenzlauer Berg fahren und dort ein wenig die Lage sondieren kann. Je genauer der Überblick ist, den ich mir verschaffe, desto geplanter und strukturierter kann ich nachher vorgehen.

Ich wünschte, du wärst so ehrgeizig gewesen, als es ...

Jaja, Mutter. Jurastudium und so, ich weiß. Ich bin die größte Enttäuschung deines Lebens. Aber das ist mir egal. Du bist mir heute egal. Auf dem Weg zum Transporter pfeife ich ein fröhliches Lied vor mich hin. Je mehr ich mich Emily nähere, desto wahrer wird es. Der Tag, auf den ich so lange gewartet habe, ist endlich gekommen.

In Emilys Straße finde ich einen perfekten Parkplatz gegenüber ihrer Wohnung im Schatten eines Baumes.

Deutlicher können die Zeichen nicht stehen, dass mein Plan ein Erfolg wird. Eine Weile lese ich in der Zeitung, die ich mitgebracht habe, bis es mir trotz Schatten zu warm im Auto wird. Also vertrete ich mir ein wenig die Beine und gehe einmal um den Block.

Als ich wieder am Auto bin, ist es erst halb acht. Bis es dunkel wird, dauert es noch beinahe drei Stunden. Selbst dann muss ich noch etwas abwarten, bis die Nachbarschaft sich schlafen gelegt hat. Die Zeit vergeht unendlich langsam und ich fühle mich wie ein Kind, das auf die Bescherung wartet. Ähnlichkeiten bestehen ja durchaus, nur dass ich schon weiß, welches Geschenk mich erwartet. Das macht es aber nicht weniger aufregend.

Gegen neun frage ich mich, ob ich nicht doch lieber zu Hause gewartet hätte. Mein frisches Shirt ist inzwischen durchgeschwitzt und dank der zwei Wasserflaschen, die ich abgepumpt habe, muss ich dringend aufs Klo. Ausgerechnet heute kann ich mich natürlich nicht in einem der umliegenden Läden sehen lassen, weswegen ich mir auf dem Spielplatz eine entlegene Ecke suche und mich dort erleichtere.

Von dort aus sehe ich, dass in Emilys Küche das Licht eingeschaltet wird. Ich beobachte ihre Silhouette, wie sie sich etwas zu trinken einschenkt. Das Licht geht aus und kurze Zeit später wieder an, dann erneut aus. Kurz darauf ist sie im Schlafzimmer, bringt vermutlich die kleine Lea ins Bett. Dann wird es auch dort dunkel.

Wie gerne würde ich mich jetzt in den Hinterhof schleichen, um sie in ihrem Wohnzimmer zu beobachten. Das verkneife ich mir jedoch und laufe ein paar Blocks weiter, um mir einen Döner zu holen.

Mittlerweile habe ich doch ganz schön Hunger bekommen, zwei Spiegeleier halten nicht lange vor.

Ich schlendere zurück und komme gegen halb elf wieder bei meinem Transporter an. Es ist dunkel geworden, jedenfalls soweit es die Straßenlaternen zulassen. Emily scheint im Badezimmer zu sein und – so meine Hoffnung – sich bettfertig zu machen. Die Zeit passt zu ihrer üblichen Routine. Meine Hände werden feucht, und obwohl ich gerade gegessen habe, fühle ich mich auf einmal etwas zittrig. Mein Adrenalinpegel steigt und macht mich wach. Ich klettere in den Transporter und rutsche ganz tief in den Sitz. Über den Rückspiegel beobachte ich, wie das Licht im Bad aus- und im Schlafzimmer eingeschaltet wird. Entgegen meiner Erwartung und anders als sonst, wird es nicht direkt darauf dunkel.

»Los, geh ins Bett«, beschwöre ich sie flüsternd. »Morgen ist Montag, die Arbeit ruft.« Ein Kichern entweicht mir. Die süße Emily wird nie wieder arbeiten müssen. Ab sofort werde ich mich um ihren Lebensunterhalt kümmern, wie es sich für einen guten Mann gehört.

Sie hört nicht auf mich, das Licht bleibt eine gefühlte Ewigkeit lang an, bevor es schließlich erlischt. Entspannt lehne ich mich in den Sitz zurück. Jetzt dauert es nicht mehr lange. Eine halbe Stunde, vielleicht eine, bis sie schläft und ich sie überraschen kann. Ich bin schon so auf ihr Gesicht gespannt.

Auf der anderen Straßenseite torkelt ein betrunkener alter Sack vorbei. Ich folge ihm mit meinem Blick und bemerke so nur durch Zufall ein kurzes Flackern in Emilys Wohnung.

»Du sollst doch schlafen, habe ich gesagt.«

Nur einen Moment später flammt das Licht im Treppenhaus auf. Eine winzige Sekunde sehe ich einen leichten Schein in Emilys Küche. Geht sie etwa noch einmal raus? Ich beobachte das Fenster im Treppenhaus. Tatsächlich huscht ihre Silhouette vorbei. Schnell schäle ich mich aus dem Sitz und steige aus dem Transporter, da geht auch schon die Haustür auf und Emily tritt mit ihrer Tochter an der Hand auf die Straße.

Kapitel 32

Ihre Mutter hatte recht, sie sollte sich ein Hotel suchen. Zu Hause kam sie einfach nicht zur Ruhe. Immer wieder ging sie alle Zimmer ab und schaute sogar in den Schrank und unters Bett, um sicherzugehen, dass sich dort niemand versteckte. Sie fühlte sich fehl am Platz in ihren eigenen vier Wänden.

Das Wissen, dass ein vollkommen Fremder in ihrer Wohnung gewesen war, ihre Toilette benutzt, möglicherweise in ihrem Bett gelegen und in ihrer Wäsche gewühlt hatte, machte sie beinahe wahnsinnig. Und er konnte jederzeit wiederkommen. Sie war eine Idiotin gewesen, Thorsten zu verdächtigen. Hätte sie ihm doch nur geglaubt.

Beim Gedanken an ihren Mann krampfte sich ihr Herz zusammen. Sie hatten ihre Differenzen gehabt, aber in diesem Augenblick wünschte sie sich nichts mehr, als ihn an ihrer Seite zu haben, damit er sie beschützte.

Die Polizei lag vollkommen daneben, wenn sie davon ausging, dass es sich bei seinem Tod um einen unglücklichen Unfall handelte. Jemand hatte ihn umgebracht und dieser jemand war hinter ihr her. Er terrorisierte sie am Telefon, hatte ihre Wäsche aus dem Keller geklaut, ein totes Tier auf ihren Fahrersitz gelegt und war mehrfach in ihr Zuhause eingedrungen, während sie geschlafen hatte. Diese Person schreckte vor nichts zurück.

Emilys Angst wandelte sich in Panik. Sie musste hier raus.

Gegen halb neun, als Lea bereits im Bett lag, erreichte sie der erlösende Anruf. Emily hatte sich gerade ein Glas Wein eingegossen, in der Hoffnung, damit ihre Nerven etwas zu beruhigen. Der Bekannte ihrer Mutter hatte sie nach Göteborg an den Flughafen gefahren und sie hatte tatsächlich noch ein Ticket für denselben Abend bekommen. In einer Stunde würde sie im Flieger nach Berlin sitzen, wo sie um elf landete.

»Ich hole dich dann mit dem Taxi ab und wir fahren zu mir«, sagte sie.

Emily hatte vor Erleichterung Tränen in den Augen. Die Anspannung löste sich etwas und sie atmete tief durch.

Die Aussicht darauf, die Nacht nicht in ihrer Wohnung verbringen zu müssen, gab ihr Zuversicht. »Das ist nicht nötig, Mama. Lass dich direkt nach Potsdam bringen, ich packe ein paar Sachen und bin um zwölf bei dir.«

»Bist du dir sicher? Du solltest nicht allein unterwegs sein.«

»Es ist mir lieber, wenn ich mein Auto dabei habe. Außerdem muss ich dann nicht warten, bis du von Tegel aus hergefahren bist, sondern kann aufbrechen, sobald die Maschine gelandet ist.« Eine halbe Stunde weniger, die Emily hier allein verbringen musste.

Ihre Mutter seufzte. »Also gut. Aber fahr nicht auf direktem Weg zu mir, falls du das Gefühl hast, verfolgt zu werden.«

»Mama, du hast zu viele schlechte Krimis gesehen. Wenn mir jemand folgt, dann bringt es auch nichts, einen Umweg zu nehmen.«

»Auch wieder wahr. Ich weiß doch auch nicht, was

man in so einer Situation macht. Vielleicht solltest du besser die Polizei rufen, damit dich jemand begleitet.«

»Die haben mir bereits erklärt, dass sie nichts machen können, außer ich befinde mich in einer akuten Bedrohungssituation.«

»Diese Haarspalterei macht einen ja ganz krank. In diesem Staat werden eher die Täter als die Opfer geschützt ...«

»Lass uns jetzt nicht über unser Justizsystem diskutieren, okay? Ich verspreche, dass ich vorsichtig bin und mich nur auf gut befahrenen Straßen halte. Sobald mir was komisch vorkommt, rufe ich natürlich die Polizei oder fahre auf direktem Weg dorthin.«

»Also gut.« Ihre Mutter klang den Umständen entsprechend beruhigt.

Nachdem sie aufgelegt hatten, ging Emily ins Schlafzimmer, um nach Lea zu sehen. Die lag friedlich schlummernd mit dem Kopf in Richtung Fußseite. Da sie ihre Tochter nicht aufwecken wollte, entschied sie, erst dann ein paar Sachen zusammenzupacken, wenn sie bereit waren, loszufahren.

In der Küche nahm sie ein Messer aus dem Messerblock. Bisher war der Fremde nur nachts oder wenn sie nicht da war bei ihr eingedrungen, aber Vorsicht war besser als Nachsicht. Sie setzte sich im Wohnzimmer aufs Sofa und schaltete den Fernseher ein, um sich abzulenken.

Da ihre Angst zu groß war, ein Geräusch an der Tür zu überhören, stellte sie ihn bereits nach kurzer Zeit wieder aus und nahm sich stattdessen ein Buch.

Sie starrte auf die Zeilen, aber die Wörter auf den Seiten ergaben keinen Sinn für sie, sie war einfach nicht aufnahmefähig. Die Minuten vergingen quälend langsam, und als es endlich elf Uhr war, hatte sie das Gefühl, die halbe Nacht hier gesessen zu haben.

Sie stand auf und legte das Buch beiseite, das sie die ganze Zeit über auf ihrem Schoß gehabt hatte. Im Bad packte sie Leas und ihre Zahnbürste ein, dann ging sie ins Schlafzimmer, wo sie notdürftig ein paar Klamotten in ihre Sporttasche warf. Schließlich weckte sie Lea, die sich durch ihr Rumoren nicht hatte stören lassen.

Verschlafen blinzelte ihre Tochter sie an. »Mama, ich mag noch nicht aufstehen.«

»Du kannst gleich im Auto weiterschlafen. Wir fahren jetzt zu Oma.«

Die Erwähnung ihrer Großmutter ließ Lea munter werden. »Au ja«, sagte sie und war schon auf den Beinen.

Emily stellte Gismo noch etwas Trockenfutter hin, streichelte ihm über den Kopf und verließ die Wohnung. Es fiel ihr schwer, ihn allein zu lassen, aber sie konnte den Kater nicht mitnehmen, da ihre Mutter allergisch war.

Da sie um diese Uhrzeit unmöglich bei Sylvia Grandt klingeln konnte, um sie darum zu bitten, ihn am nächsten Morgen zu füttern, versuchte sie es bei Jannes. In seiner Wohnung blieb es still, niemand öffnete. Entweder schlief er schon und hörte sie nicht oder er war unterwegs. Julia konnte sie damit gerade auch nicht belästigen, sie hatte verständlicherweise andere Dinge im Kopf. Emily würde morgen mit ihrer Mutter zurückkommen und einen Katzensitter organisieren.

Mit Lea an der Hand stieg sie die Treppe hinunter und trat auf die Straße. Das Handy hatte sie griffbereit in der Hosentasche, in ihrer Handtasche lag das Küchenmesser, nur zur Sicherheit. Draußen kam eine Gestalt über die Straße auf sie zu. Unwillkürlich versteifte Emily sich. Jetzt bloß nicht in Panik verfallen. Sie beschleunigte ihre Schritte. Nur noch knapp zwanzig Meter bis zu ihrem Auto, dann wäre sie fürs Erste in Sicherheit.

»He, Emily, bist du das?«, rief die Person hinter ihr.

Sie wandte sich um und schaute in das Gesicht von Benjamin. Er sah verändert aus, hatte sich rasiert und die Haare streng nach hinten gekämmt. »Was machst du denn hier?«, fragte Emily überrascht.

Kapitel 33

Benjamin lachte übertrieben laut, als hätte sie einen Witz gemacht. »Lustig, das wollte ich dich auch fragen. Ich war zu Besuch bei einem Freund. Und du?

»Ich wohne hier.«

»Was für ein Zufall. Da musste ich gerade zweimal hinschauen, ob du es wirklich bist. Was machst du um die Zeit denn noch draußen?«

»Ich bin eine erwachsene Frau«, antwortete sie und betrachtete ihn skeptisch.

Benjamin lächelte fröhlich und deutete auf Lea, die sich an Emilys Bein schmiegte. »Die da aber nicht.« Er ging in die Knie. »Deine Tochter, nehme ich an? Seid ihr auf dem Weg in den Urlaub oder wozu die große Tasche?«

»Wir wollten gerade zu ...« Sie verschluckte den Rest des Satzes.

Die ganze Situation kam ihr seltsam vor. Warum stellte er ihr so viele Fragen über Dinge, die ihn nichts angingen? Und wenn ein Freund von ihm hier wohnte, wie kam es, dass sie ihn noch nie zuvor in der Gegend gesehen hatte?

Benjamin schaute sie fragend an. »Ihr wolltet wohin?«

»Wir besuchen Oma«, antwortete Lea und nickte zur Bestätigung.

Emily hätte ihrer Tochter am liebsten die Hand auf den Mund gelegt. »Wo wohnt dein Freund?«, versuchte sie schnell, abzulenken.

»Warum willst du das wissen?« Er hatte sich wieder aufgerichtet, stand jetzt direkt vor ihr.

Emily war bisher nicht aufgefallen, wie groß er war. Er überragte sie um mehr als einen Kopf. »Weil ich mich wundere, dass wir uns noch nie zuvor auf der Straße begegnet sind.«

»Er ist erst vor Kurzem umgezogen. Da hinten ist seine Wohnung.« Benjamin zeigte vage auf einen der Altbauten die Straße runter.

»Ach so. Na dann, war schön, dich getroffen zu haben, wir müssen los.« Sie machte Anstalten, an Benjamin vorbeizugehen, doch er gab den Weg nicht frei.

»Du siehst gestresst aus, richtig mitgenommen. Ist irgendwas passiert?«

»Nein, alles in Ordnung. Ich habe es nur eilig.«

Benjamin streckte die Hand aus, um sie am Arm zu berühren. Emily wich vor ihm zurück.

»Du zitterst ja. Vielleicht ist es besser, wenn ihr bei mir einsteigt und ich euch fahre. Nicht dass du noch einen Unfall baust.«

»Das ist nicht nötig.« Emily drückte Lea schützend an sich. »Mein Mann wartet dort auf uns und er braucht das Auto.« *So eine dumme Lüge.* Am liebsten würde sie sich auf die Zunge beißen. Wenn Benjamin derjenige war, der sie seit Tagen verfolgte, wusste er genau, dass Thorsten nirgends auf sie wartete.

Benjamin machte erneut einen Schritt auf sie zu, war ihr jetzt unerträglich nah. Sein Atem ging heftig und auf seinem Gesicht lag ein völlig veränderter, finsterer Ausdruck. »Was ist denn los mit dir? Ich will nur nett sein und du ...«

Emily schluckte trocken. Die Erkenntnis schnürte ihr die Luft ab. Sie stand vor dem Mann, der Thorsten getötet hatte. Er musste es gewesen sein!

Warum hatte sie nicht auf ihre Mutter gehört und sich von ihr mit dem Taxi abholen lassen?

Mit der rechten Hand tastete sie unauffällig nach ihrer Tasche. Sie musste an das Messer rankommen. »Lass uns vorbei«, sagte sie. Ihre Stimme war ein jämmerliches Piepsen.

Mit strenger Miene schaute Benjamin ihr in die Augen, dann wanderte sein Blick ihren Arm entlang.

Emilys Bewegung fror ein. Kalter Schweiß trat ihr auf die Stirn.

Seine Hand schoss nach vorne und er packte sie brutal am Handgelenk. »Das würde ich an deiner Stelle lassen.«

»Lass mich sofort los, sonst ...«

Benjamin gab ihren Arm frei. In einer fließenden Bewegung lehnte er sich nach vorn, umfasste Leas Schultern, presste ihr die Hand auf den Mund und riss sie an sich.

»Sonst was?«, knurrte er.

Lea zappelte in seinen Armen, in ihren Augen spiegelte sich die pure Angst.

»Bitte, was ... was tust du da?«, stammelte Emily. Sie wollte sich auf ihn stürzen, mit Fäusten auf ihn einschlagen, doch ihre Muskeln versagten ihr den Dienst. Die Angst lähmte sie und es war, als habe sie plötzlich vergessen, wie man sich bewegte.

Benjamin registrierte ihre Furcht mit offensichtlicher Genugtuung. »Ich sage euch, was ihr jetzt tut. Du hältst schön deinen Mund und folgst mir ganz ruhig zu meinem Wagen.«

»Was willst du von mir?«

»Das habe ich dir gerade gesagt. Du solltest dir angewöhnen, mir genauestens zuzuhören. Nun komm. Ich bitte dich nicht noch einmal.« Er machte Anstalten zu gehen, drehte sich aber noch einmal um und streckte die freie Hand nach ihr aus. »Ach so, bevor ich es vergesse ... Gib mir deine Tasche. Und dein Handy wäre auch gut.«

Emily klammerte sich an den Henkel. Eine Welle der Übelkeit überrollte sie. Darin war das Messer. Ihre einzige Chance zur Verteidigung.

»Na, wird's bald!« Benjamin packte Lea demonstrativ fester, sodass Emily ihm die Tasche hinhielt. »Ist das Handy da auch drin?«

»Ja«, krächzte sie.

Er lächelte verächtlich und schüttelte den Kopf. »Wenn ich also nachsehe, werde ich es auf jeden Fall finden?«

Emily nickte heftig. Offenbar ein wenig übertrieben, denn Benjamins Miene fror ein. »Sieht so aus, als würdest du die Situation verkennen. Wenn du mich anlügst oder sonst etwas tust, das mir nicht gefällt, werde ich deiner Tochter wehtun. Haben wir uns verstanden?«

»Bitte, lass sie in Ruhe!« Emily beeilte sich, das Telefon aus ihrer Hosentasche zu holen. Sie zitterte so sehr, dass es beinahe herunterfiel, als sie es ihm hinhielt.

»Sehr schön. Und jetzt mitkommen!« Lea dicht an sich gepresst, ging er über die Straße auf den Transporter zu, mit dem er auch immer Getränke auslieferte. Der Kratzer an der Stoßstange war noch zu sehen. Er öffnete die Beifahrertür und schaute Emily auffordernd an. »Einsteigen!«

Kapitel 34

Eine nervöse Anspannung befällt mich, als ich den Wagen aus dem Kiez fahre. Ich bin kurz vor dem Ziel. Penibel achte ich darauf, mich an die Geschwindigkeitsbegrenzung zu halten.

Auf keinen Fall darf ich jetzt wegen irgendeiner Lappalie angehalten werden. Die Bullen müssten nur einen Blick durch das Beifahrerfenster werfen, um zu wissen, was los ist.

In meiner rechten Hand habe ich das Messer, das ich mitgebracht habe, um Emily davon zu überzeugen, mit mir mitzukommen. Sollte sie irgendeinen Mist versuchen, werde ich nicht davor zurückschrecken, es zu benutzen.

Ab jetzt heißt es für mich: alles oder nichts. Wenn ich es nicht schaffe, sie zu Mutters Haus zu bringen, dann verlässt sie diesen Wagen nicht lebendig. Das habe ich ihr sehr deutlich gemacht, sodass sie sich bisher benimmt.

Lea kauert im Fußraum vor Emilys Beinen und wimmert vor sich hin. Emily unterdrückt tapfer ihre Tränen. Die Arme, sie muss furchtbare Angst haben. Wenn ich sie ihr doch nur irgendwie nehmen könnte ... Aber das gehört zum Spiel. Wenn ich will, dass sie irgendwann wieder meine Freundin wird, dass sie mich wieder liebt, muss ich jetzt hart bleiben.

Wieder? Emily war nie deine Freundin.

Doch! Das war sie und das weißt du genau. Wir waren zusammen und sie war das erste und einzige Mädchen, das jemals etwas für mich übrighatte.

Mach dich nicht lächerlich. Sie hat dich ein paarmal besucht, mehr nicht. Es hat keine vier Wochen gedauert, bis sie das Interesse an dir verloren hatte.

Weil du sie vergrault hast, Mutter. Ich durfte ja nicht mal mit ihr ins Kino gehen, weil ich deiner Meinung nach nicht gut genug in der Schule war. Die coolen Jungs hatten SuperNintendos und Mountainbikes, ich hatte Bücher und Gesundheitsschuhe.

Du willst mir zum Vorwurf machen, dass ich mich um deine Bildung gesorgt habe und nicht bereit war, dir viereckige Augen wachsen zu lassen?

»Wo bringst du uns hin?«, unterbricht Emily mein Zwiegespräch mit Mutter. Ich schaue sie von der Seite an.

»In euer neues Zuhause.« Ich sehe in den Seitenspiegel und stelle zufrieden fest, dass uns niemand folgt.

»Was hast du mit uns vor?«

Gelangweilt zucke ich mit den Schultern. »Nichts Besonderes.«

»Und deswegen entführst du uns, um nichts Besonderes mit uns zu machen?«

Ich antworte ihr nicht, sondern biege in eine verlassene Seitenstraße ein. Es ist nicht mehr weit bis zu Mutters Haus. Aus dem Seitenfach der Fahrertür nehme ich die Sturmhaube hervor, die ich eigentlich bei der Entführung tragen wollte. Die ganze Sache ist vollkommen anders gelaufen als geplant. Ich bin ein bisschen stolz auf mich, dass ich trotzdem ruhig geblieben bin und so gut improvisiert habe.

Ich halte am Straßenrand und reiche ihr die Maske. »Aufsetzen!«, sage ich.

Zögernd nimmt sie sie entgegen, hält sie vor sich

hoch und betrachtet sie. »Was soll ich damit? Eine Bank überfallen?«

Ich kann nicht anders als zu grinsen. Tapfere Emily. Sogar in solch einer Stresssituation verliert sie ihren Humor nicht. Wir werden so ein gutes Leben zusammen haben, sie ist einfach die perfekte Partnerin für mich.

Da sie meiner Aufforderung nicht folgt, nehme ich ihr die Maske aus den Händen und ziehe sie ihr mit der Rückseite nach vorne über den Kopf. Lea jault im Fußraum auf wie ein getretener Welpe. Ich tätschele sie beruhigend. »Sch, es ist alles gut. Mama darf nur nicht sehen, wo wir hinfahren, verstehst du?«

Die Kleine zieht die Nase hoch und wendet ihren Kopf ab. Immerhin gibt sie jetzt keinen Ton mehr von sich.

»Streck deine Hände nach vorne aus und leg sie aufs Handschuhfach«, sage ich zu Emily. Widerstrebend gehorcht sie und ich fessle ihre Handgelenke mit dem Seil. »Gleich habt ihr es geschafft.«

Ich lenke den Wagen wieder auf die Straße. Zum Glück ist kaum Verkehr, denn ich kann mich kaum konzentrieren.

Meine Nervosität wächst. Wie Lea wohl ihr Zimmer gefallen wird? Wie lange wird es dauern, bis Emily sich bei mir eingelebt hat? Ich kann es nicht erwarten, dass wir zum ersten Mal gemeinsam als Familie zu Abend essen.

»Du musst das nicht tun.« Emilys Stimme ist vom Stoff der Mütze gedämpft. »Noch ist es nicht zu spät. Lass uns hier raus und ich verrate niemandem, was heute Abend passiert ist. Du verschwindest aus unserem Leben und die Polizei erfährt nie, was du mit Thorsten getan hast.«

Mein Blick schnellt rüber zu Emily. Die Polizei hat also seinen kleinen Unfall schon entdeckt. Gut, dann weiß sie zumindest, wozu ich in der Lage bin. Was ich schon bereit war zu tun, damit wir zusammen sein können.

»Was ... was ist ... mit Papa?«, stammelt Lea aus dem Fußraum.

»Nichts, Liebes«, nehme ich Emilys Antwort vorweg. »Papa möchte einfach nichts mehr mit euch zu tun haben, weil er ein Arschloch ist. Dafür bin ich aber jetzt da.«

»Bitte, lass uns gehen. Was auch immer du vorhast, es ist falsch. Sie ist doch noch ein Kind. Ich bitte dich.«

»Euch passiert schon nichts, keine Angst.«

»Meine Mutter, sie wartet, dass wir kommen. Wenn wir nicht auftauchen, wird sie uns als vermisst melden. Die Polizei wird nach uns suchen ...«

Ich zucke unbeeindruckt mit den Schultern, dann wird mir klar, dass sie das mit der Maske über dem Gesicht überhaupt nicht sehen kann. Also tue ich ihr den Gefallen und sage: »Na und?«

»Glaubst du, sie finden uns nicht? Es ist nur eine Frage der Zeit. Wenn du uns jetzt gehen lässt ...«

Ich blende ihre Stimme aus. Naive, süße Emily. Vermutlich glaubt sie, dass ich es mir noch mal anders überlege, wenn sie nur lang genug redet. Noch nie hat sie so falsch gelegen. »Sei bitte still, ich muss mich auf die Straße konzentrieren.«

Der Kies knirscht unter den Reifen, als ich endlich in Mutters Einfahrt biege. Die Anspannung fällt wie ein

Tonnengewicht von mir ab. Geschafft! Jetzt muss ich sie nur noch reinbringen.

Ich schalte den Motor aus und steige aus dem Wagen. Aufmerksam schaue ich mich um. Weiter hinten in der Straße mache ich eine Gestalt aus. Sie scheint in meine Richtung zu starren, mich zu beobachten. Neben ihr blitzt im Licht der Straßenlaternen etwas auf. Ein Fahrrad. Ich bleibe neben dem Wagen stehen, warte ab. Die Person steigt auf und fährt an Mutters Haus und mir vorbei, ohne mir besondere Aufmerksamkeit zu schenken. War wohl nur falscher Alarm. Dann kann es jetzt ja losgehen.

Kapitel 35

Benjamin stoppte den Wagen und stieg aus. Emily wartete angespannt, was als Nächstes passieren würde. Wo hatte er sie hingebracht? Sie lauschte auf Umgebungsgeräusche. Es musste eine ruhige Gegend sein, bis auf das Rauschen des Blutes in ihren Ohren und den zitternden Atem ihrer Tochter hörte sie nichts. Sie dachte an das Messer in ihrer Tasche, die er in den Laderaum des Transporters geworfen hatte. So nah und doch unerreichbar für sie.

Die Tür neben ihr wurde aufgerissen und sie zuckte zusammen. Lea schluchzte, klammerte sich Hilfe suchend an Emilys Bein. Es brach ihr das Herz, dass sie nichts tun konnte, um ihre Tochter zu trösten. Das Schlimmste stand ihnen vermutlich erst noch bevor.

Benjamin fasste sie an der Schulter. Sein Atem war ganz nah an ihrem Ohr. »Wenn du versuchst, abzuhauen, oder irgendwie auf dich aufmerksam zu machen, dann ist Lea schneller tot, als du die 110 wählen kannst. Verstehen wir uns?«

Emily atmete scharf ein. Am liebsten würde sie ihn anbrüllen. *Lass deine dreckigen Finger von meiner Tochter! Wenn du ihr auch nur ein Haar krümmst, bringe ich dich um!* Stattdessen nickte sie ergeben. Ihr blieb nichts anderes übrig.

Er packte sie am Genick und drückte schmerzhaft zu. »Ich höre nichts.«

»Ja, wir verstehen uns«, brachte Emily hervor. Ihre Stimme zitterte, was sie ärgerte.

»Ich will dir ja gar nicht wehtun«, murmelte Benjamin

und tätschelte ihr entschuldigend über den Kopf. »Aber du musst verinnerlichen, dass wir ab jetzt nach meinen Regeln spielen.«

»Das werde ich. Ich tue, was du verlangst.« Die Worte kamen ihr nur schwer über die Lippen, aber zumindest für den Moment musste sie ihm vorgaukeln, dass sie ihm voll und ganz hörig war.

»Fein. Ich ziehe dir jetzt die Mütze ab, die Nachbarn sollen schließlich nicht misstrauisch werden. Dann nehme ich Lea und gehe mit ihr ins Haus. Du wartest so lange brav hier, bis ich dich hole.« Er befreite sie von der Sturmhaube und Emily schaute sich um.

Der Transporter war vor einer Garage geparkt. Rechts neben ihr befand sich eine mannshohe Mauer und auf der linken Seite erstreckte sich ein zugewucherter Vorgarten. Benjamin stand vor der Beifahrertür und grinste sie versonnen an.

»Vielleicht möchtest du deine Tochter noch über unsere Abmachung informieren. Ich habe keine Lust, dass sie Zicken macht.«

Emily schaute ihn voller Abscheu an, dann wandte sie sich ihrer Tochter zu, die noch immer im Fußraum kauerte. »Schätzchen, du gehst jetzt brav mit dem Mann nach drinnen. Mama kommt gleich nach. Es ist alles gut, okay?«

»Ich mag bei dir bleiben«, flüsterte Lea verängstigt.

»Das weiß ich. Aber du musst keine Angst haben, ich bin gleich wieder bei dir.«

Benjamin streckte die Hand nach ihr aus. »Also los.«

Lea regte sich nicht.

»Ich habe ganz viele tolle Spielsachen für dich. Willst du sie dir nicht mal anschauen?«

Vehement schüttelte sie den Kopf und klammerte sich noch fester an Emilys Bein. Emily war stolz auf ihre Tochter, dass sie sich nicht von solchen Versprechungen locken ließ, doch dies war nicht der richtige Zeitpunkt.

»Emily ...« Benjamin klang ungehalten. »Sorgst du bitte dafür, dass sie jetzt sofort aus dem Wagen steigt!«

»Es wäre einfacher, wenn ich gleich mitkommen könnte. Sie hat Angst, das ist doch vollkommen klar.«

Benjamin kniff die Augen zusammen, schien abzuwägen. »Auf keinen Fall«, sagte er schließlich und griff in den Innenraum. Erbarmungslos zerrte er Lea nach draußen, die sofort lautstark zu weinen anfing. Er hob sie hoch und legte ihr die Hand auf den Mund.

Unwillkürlich richtete Emily sich auf und streckte die gefesselten Hände nach ihrer Tochter aus. Benjamin warf ihr einen strengen Blick zu, sodass sie auf den Sitz zurücksank. »Brav.« Er schlug die Wagentür zu und ging mit Lea davon.

»Bitte!«, rief Emily. »Sie ist doch noch ein Kind!«

Benjamin ignorierte sie, schleppte ihre Tochter zum Haus und verschwand mit ihr in der Tür. Die Tasche mit dem Messer baumelte an seiner Schulter.

Emily zitterte am ganzen Körper. Tränen rannen ihr über die Wangen. Was sollte sie nur tun? Sie konnte doch nicht sich selbst und Lea diesem Wahnsinnigen ausliefern. Aber er hatte sie in der Hand. Der Gedanke, dass er allein mit Lea im Haus war, war unerträglich. Was machte er dort mit ihr? Würde er sich an sein Versprechen halten und ihr nichts tun?

Es fühlte sich an wie eine Ewigkeit, bis sich die Haustür endlich wieder öffnete und Benjamin zurück zum Wagen kam. Er legte die Stirn in Falten, als er sah, dass Emily weinte. Zärtlich streichelte er ihr über die Wange und wischte die Tränen weg. »Mach dir keine Sorgen.«

Emily wich vor seiner Berührung zurück. »Sie ist meine Tochter. Mein Fleisch und Blut. Wie könnte ich mir keine Sorgen machen?«

»Du bist eine Vollblutmutter. Der Traum eines jeden Kindes. Ich versichere dir, es ist alles in Ordnung mit ihr. Ich habe dir doch gesagt, dass ich euch nicht wehtun will.« Er war jetzt wieder die Ruhe selbst, wirkte beinahe fürsorglich.

»Das tust du aber, merkst du das nicht?«

»Lea geht es gut, davon kannst du dich gleich selbst überzeugen.« Er half ihr beim Aussteigen und führte sie zum Haus.

Emily ließ es widerstandslos geschehen. Was blieb ihr anderes übrig? Wenn sie sich wehrte, würde er Lea etwas antun.

Benjamin schloss die Tür auf und ließ sie vorgehen. Sie trat in einen geräumigen Eingangsbereich, von dem aus eine alte Holztreppe ins obere Stockwerk führte. Links trennte eine Schiebetür das Wohnzimmer vom Rest des Hauses ab, rechts lag eine schwach beleuchtete offene Küche mit einem großen Gasherd. Zu beiden Seiten der Treppe befanden sich weitere Türen, die jedoch geschlossen waren.

»Wo ist Lea?«, fragte Emily, die ihre Tochter nirgends entdecken konnte.

»Das erfährst du noch früh genug.« Benjamin dirigierte sie in die Küche und deutete auf einen Stuhl in einer Frühstücksecke. »Mach's dir erst mal gemütlich.«

Widerstrebend setzte sich Emily und schaute sich um. Der Rollladen vor dem großen Fenster war heruntergelassen und der Gurt durchgeschnitten, sodass man ihn auch nicht mehr hochziehen konnte. Die Tür zum angrenzenden Esszimmer stand offen, auch dort waren sämtlichen Rollläden geschlossen.

»Und?«, fragte Benjamin erwartungsvoll, als hätte er ihr ein besonderes Geschenk gemacht. »Was sagst du? Gefällt es dir?«

»Was?«

»Na, dein neues Zuhause. Unseres. Ich gebe zu, es ist etwas altbacken. Mutter wollte schon lange eine neue Küche. Darum werde ich mich beizeiten kümmern, aber fürs Erste kann man doch damit leben, oder?«

Emily starrte ihn fassungslos an und versuchte, seine Worte zu verstehen. Ihr neues Zuhause, das hatte er im Auto schon gesagt.

Das schien er tatsächlich ernst zu meinen. Er hatte sie und Lea hierher gebracht, damit sie gemeinsam in diesem Haus lebten und einen auf Familie machten, nachdem er sie entführt hatte? Er musste vollkommen wahnsinnig sein.

Es klingelte. Für einen kurzen Augenblick verlor Benjamin die Fassung, Unsicherheit spiegelte sich in seinem Gesicht.

In Emily keimte Hoffnung auf. Offensichtlich erwartete er niemanden. Vielleicht war das ein Nachbar, der beobachtet hatte, wie er Lea und sie ins Haus verfrachtet hatte und der sich jetzt davon überzeugen wollte, dass alles mit rechten Dingen zuging. Wenn sie es schaffte, sich irgendwie bemerkbar zu machen, hatte sie eine Chance, hier rauszukommen.

»Willst du nicht aufmachen?«, fragte sie.

»Hast du jemanden verständigt?« Die Unsicherheit war verschwunden und seine kalte Berechnung war zurück.

Emily hob abwehrend die gefesselten Hände. »Ganz bestimmt nicht. Ich würde nicht riskieren, dass du Lea etwas antust. Außerdem hatte ich gar keine Möglichkeit.«

Die Antwort schien ihn zufriedenzustellen.

Er nickte. Mit schnellen Schritten kam er auf sie zu, ergriff ihre gefesselten Hände und band das lose Ende des Seils an der Stuhllehne fest. Dann packte er ihr Gesicht und drückte ihre Wangen zusammen. Als ihr Mund aufsprang, stopfte er die Sturmhaube hinein. »Kein Ton!«, herrschte er sie an. Er warf ihr noch einen warnenden Blick zu und ging in den Eingangsbereich. Die Tür zur Küche zog er hinter sich zu.

Emily lauschte. Sie hörte Stimmen, konnte aber nicht verstehen, was sie sagten. Im Kopf ging sie ihre Optionen durch, während sie mit der Zunge versuchte, die widerliche Sturmhaube aus ihrem Mund zu manövrieren.

Sie könnte sich mit dem Stuhl zu Boden werfen, in der Hoffnung, dass der Besucher vor der Tür das Krachen hörte und hartnäckig blieb. Aber wenn Benjamin es schaffte, ihn trotzdem abzuwimmeln, würde er sie danach für diesen Ungehorsam bestrafen.

Oder aber, viel schlimmer, er würde Lea an ihrer Stelle dafür bezahlen lassen und sie hätte keine Möglichkeit, das zu verhindern. Selbst wenn derjenige vor der Tür merkte, dass etwas nicht stimmte, und die Polizei rief, würden sie möglicherweise nicht rechtzeitig eintreffen, um Lea zu retten. Das durfte sie nicht riskieren.

Im nächsten Moment wurde die Tür zur Küche aufgestoßen und Benjamin erschien mit wutverzerrtem Gesicht. »Da draußen ist jemand für dich.«

Kapitel 36

Ich bemühe mich, Emily nicht mitbekommen zu lassen, was für ein Orkan in mir tobt. Mein Herz trommelt gegen meinen Brustkorb und meine Hände zittern, als ich sie mit der Sturmhaube kneble. Sie schaut mich an, als wäre ich ein Irrer.

»Kein Ton!«, warne ich sie, dann gehe ich in den Flur und schließe die Küchentür hinter mir. Um mich zu beruhigen, atme ich tief durch. Wenn ich jemandem in diesem Zustand gegenübertrete, sieht selbst ein Blinder, dass etwas nicht stimmt. Es will nicht recht gelingen.

Niemanden geht es etwas an, was in diesem Haus passiert, sage ich mir. *Es ist mein Eigentum, ich habe es rechtmäßig geerbt. Darf man in seinen eigenen vier Wänden nicht tun und lassen, was man will?*

Ich öffne die Tür und zwinge mich, cool zu bleiben. Vor mir steht ein junger Typ und schaut mich durchdringend an.

»Hallo«, sagt er, als ich nicht auf ihn reagiere. »Entschuldigen Sie die späte Störung. Ich bin auf der Suche nach Emily Windaus.« Er neigt den Kopf zur Seite, versucht, an mir vorbeizuschauen.

Ich trete vor die Haustür und ziehe sie hinter mir zu. In einem ersten Impuls will ich antworten, dass sie nicht hier ist. Aber das wäre eine offensichtliche Lüge, denn der Typ weiß anscheinend, dass sie bei mir ist. Hat sie mich angelogen und es doch irgendwie geschafft, um Hilfe zu rufen, während ich die kleine Lea in ihr Zimmer gebracht habe? Das kann eigentlich nicht sein, denn ich habe ihr Handy. Aber wer ist dann der Typ, der vor mir steht? Ein Bulle? Woher weiß er von der ganzen Sache?

»Und Sie sind?« Der Radfahrer von vorhin fällt mir ein. Mein erstes Gefühl war anscheinend richtig, er hat uns beobachtet. Wenn er nur zufällig hier wäre, warum sollte er wissen, dass die Frau in meiner Küche Emily Windaus heißt? Er muss uns verfolgt haben, das ist es. Jetzt erkenne ich ihn auch. Ich habe ihn schon öfter gesehen, wenn ich Emily beobachtet habe. Er wohnt im selben Haus wie sie.

»Das tut nichts zur Sache«, antwortet der Kerl schnippisch. Seine Überheblichkeit macht mich wütend. Am liebsten würde ich ihn packen und ihm Manieren beibringen.

»Sie stehen mitten in der Nacht vor meiner Haustür, ich glaube sehr wohl, dass mich das etwas angeht.« Innerlich beglückwünsche ich mich zu diesem coolen Konter.

Der Bursche lässt sich davon leider wenig beeindrucken. Er greift in seine Hosentasche und holt ein Handy hervor. »Wenn Sie mich nicht mit ihr sprechen lassen, rufe ich die Polizei, dann kann die das ja klären.«

Nicht gut. Überhaupt nicht gut. Wie kommt er auf die Idee, sich in fremde Angelegenheiten einzumischen? Ich habe das Gefühl, dass mein Brustkorb sich verengt und mir wird heiß. Wie zum Teufel komme ich da jetzt wieder raus?

»Ich weiß nicht, ob das eine gute Idee ist«, höre ich mich sagen. »Sie ist hier, weil sie etwas Abstand braucht. Momentan hat sie eine schwere Zeit, wenn Sie sie kennen, haben Sie das sicherlich mitbekommen.«

»Und genau deswegen will ich mich kurz versichern, ob alles in Ordnung ist.« Er fuchtelt mit dem Handy vor meinem Gesicht herum.

Aus dem Augenwinkel betrachte ich den Stapel Feuerholz neben der Haustür. Ich könnte versuchen, eines der Scheite zu greifen und ihn damit niederzuschlagen. Wenn ich aber nicht schnell genug bin und er die Aktion kommen sieht, hat er in dieser Zeit schon den Notruf gewählt. Selbst wenn er es nicht schafft, noch etwas zu sagen, könnten sie den Anruf zurückverfolgen und nachsehen, was da vor sich geht. Mir bliebe nicht viel Zeit, bis tatsächlich die Polizei vor meiner Tür stehen würde.

Vielleicht sollte ich ihm einfach geben, wonach er verlangt. Ich habe Emily in der Hand, sie wird es nicht wagen, um Hilfe zu rufen, solange ich Lea versteckt halte. »Na schön«, wiegele ich ab. »Ich frage sie, ob sie kurz rauskommen kann. Zufrieden?«

Der Typ runzelt die Stirn und nickt bedächtig. »Wenn Sie nicht wieder auftauchen, rufe ich die Polizei.«

Betont langsam drehe ich mich um und gehe zurück ins Haus, wo ich in die Küche stürme.

»Da draußen ist jemand für dich«, fahre ich Emily an und ziehe ihr die Maske aus dem Mund. Sie verzieht das Gesicht und hustet trocken.

»Wer?«, fragt sie mit krächzender Stimme.

»Das wirst du gleich sehen.« Ich bücke mich und friemle den Knoten im Seil um ihre Handgelenke auf. »Er will wissen, ob alles in Ordnung ist, und ich hoffe, du weißt, wie deine Antwort lauten wird.«

Emily schweigt und schaut mich nur aus großen Augen an. Anscheinend muss ich sie noch einmal daran erinnern, was für sie auf dem Spiel steht.

»Denk an deine Tochter ...«

»Schon gut. Ich verrate nichts, ich schwöre es!«

Ich glaube ihr aufs Wort. Emily würde nie im Leben riskieren, dass ich der kleinen Lea wehtue. Schnell wische ich ihr die verlaufene Schminke von den Wangen, streiche ihre Haare glatt und weise in Richtung Tür. »Los, komm. Bevor er mir die Bullen auf den Hals hetzt.«

Ich ziehe Emily hinter mir her in die Diele und öffne die Haustür. Der Typ drückt die Schultern durch und macht einen Schritt auf uns zu, streckt eine Hand nach ihr aus.

Fass sie ja nicht an, du kleiner Wichser, sonst breche ich dir den Arm!

»Emily, da bist du ja. Ich hab mir Sorgen gemacht.«

Ich beobachte genau Emilys Reaktion. Um ihre Schauspielkünste ist es nicht sonderlich gut bestellt, die Angst in ihren Augen ist offensichtlich.

»Was hast du hier zu suchen, Jannes?«, fragt sie, klingt dabei aber nicht so abweisend, wie ich es mir wünschen würde. So ein verdammtes Biest. Am liebsten würde ich eingreifen und das Gespräch beenden.

»Ist alles in Ordnung mit dir? Ich bin gerade nach Hause gekommen, als ich gesehen habe, wie du und Lea bei ihm eingestiegen seid und ...« Jannes wirft mir einen schnellen Blick zu. »Können wir vielleicht kurz allein reden?«

Ich kneife Emily verdeckt in die Hüfte. Sie versteift sich und reagiert sofort. »Nein, er kann ruhig hierbleiben. Es ist alles gut. Ich kann mir vorstellen, wie das für dich ausgesehen haben muss, aber Lea war nur etwas müde.«

Innerlich atme ich erleichtert auf. Emily ist gut im Improvisieren. Auf diese Ausrede wäre ich so schnell nicht gekommen.

»Sicher?«, fragt er.

»Ganz sicher. Es ist besser, wenn du jetzt gehst und uns in Ruhe lässt, Jannes.«

Der Typ glaubt ihr kein Wort, ich sehe es an seinem Gesichtsausdruck. Trotzdem macht er ein paar Schritte rückwärts. »Alles klar«, sagt er, dreht sich um und geht zum Hoftor. Blitzschnell treffe ich eine Entscheidung.

Ich packe Emily am Arm und zerre sie zurück in die Diele. Dann dränge ich mich an ihr vorbei und ziehe lautlos die Haustür hinter mir zu, schließe ab.

Es fällt mir nicht leicht, sie allein im Haus zu lassen, aber gerade muss ich Prioritäten setzen. So leicht kommt sie nicht raus und ohne Lea würde sie nirgends hingehen. Von dem Stapel Feuerholz schnappe ich mir ein großes Scheit und beeile mich, Jannes einzuholen. So einfach lasse ich ihn nicht davonkommen. Niemand nimmt mir meine Emily. Niemand versucht es ungestraft.

Kapitel 37

Emily rüttelte an der Tür. Abgeschlossen. Sie schaute durch das kleine Fenster und sah, wie Benjamin durch den Garten rannte. Jannes konnte sie nirgends entdecken, er hatte das Grundstück bereits verlassen. Hatte er ihre stillen Hilferufe verstanden, ihre Miene richtig gelesen?

Bestimmt, sagte ihre Hoffnung. Er wusste von den Vorfällen der letzten Tage und er war nicht dumm. Hätte er doch bloß sofort die Polizei gerufen. Aber immerhin war er ihnen gefolgt, um ihr zu helfen. Sie hatte ihm angesehen, dass er ihr nicht abgenommen hatte, dass alles in Ordnung war. Leider hatte Benjamin es offenbar auch gemerkt.

Sie zitterte, ihr Herz raste.

Würde er Jannes erwischen? Was würde er ihm antun, wenn er ihn in die Finger bekam?

Jannes dürfte bereits einen kleinen Vorsprung haben und wahrscheinlich hatte er sein Rad dabei, wie sollte er ihnen sonst gefolgt sein? Hoffentlich spielte er nicht den Helden, sondern sah zu, dass er verschwand, um den Rest der Polizei zu überlassen. Vielleicht fand Emily in der Zwischenzeit ja einen Weg hier raus. Aber zuvor musste sie ihre Tochter suchen und sie musste sich beeilen, bevor Benjamin zurückkam.

Eilig überprüfte sie durch das Fenster, ob er noch in der Nähe war. Der Vorgarten lag verlassen in der Dunkelheit. Sie drehte sich um und stürmte auf die Treppe zu, versuchte, die Türen links und rechts davon zu öffnen. Beide waren verschlossen.

»Lea«, rief sie, so laut sie konnte. »Lea, hier ist Mama. Wo bist du?« Mit angehaltenem Atem lauschte sie. Keine Antwort.

Jeweils zwei Stufen auf einmal nehmend rannte sie ins obere Stockwerk. Hier gab es fünf Türen. Emily stieß eine nach der anderen auf. Die Räume lagen völlig im Dunkeln, auch hier hatte Benjamin die Läden heruntergelassen und die Gurte zerstört.

Sie schaltete die Lichter ein. Ein Schlafzimmer, ein pompöses Badezimmer, ein Raum blieb dunkel, eine Art Bibliothek oder Arbeitszimmer mit Regalen voller Bücher, ein weiteres Schlafzimmer. In keinem eine Spur von Lea.

Scheiße.

Wie lange blieb ihr noch, bis Benjamin zurück war?

Emily hetzte zurück nach unten durch die Schiebetür ins Wohnzimmer. Vielleicht gingen davon noch weitere Räume ab. Wie vom Donner gerührt blieb sie stehen.

Über sämtliche Wände verteilt hingen dutzende Fotos von ihr.

Verschwommene Aufnahmen, die er offensichtlich heimlich gemacht hatte, zeigten sie in verschiedenen Situationen. Schnappschüsse, die sie auf Facebook oder Instagram gepostet hatte, waren darunter, aber auch Bilder, die heimlich gemacht worden waren. Emily beim Yoga, beim Einkaufen, im Sommer im Freibad und sogar auf ihrer intimen Hochzeitsfeier, bei der nur ihre und Thorstens engste Verwandte dabei gewesen waren. Eins der Bilder zeigte sie mit kurzen Haaren und Schwangerschaftsbauch beim Bummeln in der Stadt. Ihr wurde schlecht, als sie ein Foto von sich in ihrem Bett entdeckte. Lea lag neben ihr, es musste aus den letzten Tagen stammen.

»Gefällt dir, was du siehst?«

Emily zuckte zusammen. Sie hatte nicht mitbekommen, dass er zurückgekehrt war.

»Wie lange ...« Sie verschluckte die Worte. Entsetzt starrte sie ihn an.

Seine Hände und sein Shirt waren voller Blut, auch in seinem Gesicht befanden sich Spritzer.

Ein inneres Zittern erfasste sie. Jannes! Das Blut musste von ihm stammen! Was hatte er ihm angetan? Hatte er ihn umgebracht?

Emily stiegen Tränen in die Augen. Jannes hatte ihr helfen wollen und jetzt ...

Benjamin schien ihre Bestürzung nicht zu bemerken. Wie beiläufig wischte er sich die Hände an der Hose ab. »Du meinst, wie lange ich dir schon folge?« Ein versonnenes Lächeln umspielte seine Lippen, er wirkte völlig entrückt. Er zuckte mit den Schultern. »Seit du dich auf Facebook angemeldet hast. Ich habe schon davor auf Myspace immer mal wieder nach deinem Namen gesucht, aber nichts gefunden, auch nicht bei wer-kennt-wen.«

Emily rechnete kurz im Kopf nach. Es war gegen Ende ihres Studiums gewesen, als sie Facebook auf die Einladung einer Freundin hin beigetreten war. »Du stalkst mich schon seit mehr als zwölf Jahren?«

»Stalken ist so ein hässliches Wort. Du klingst ja schon wie Mutter.«

»Als was würdest du es sonst bezeichnen, was du da betrieben hast?«

»Zunächst einmal habe ich mir einfach gern deine

Fotos angeschaut, die du so bereitwillig der ganzen Welt gezeigt hast. Nichts Verbotenes also. Es fühlte sich für mich an, als wäre ich noch ein Teil deines Lebens, nachdem du mich damals so herzlos hast sitzen lassen.«

»Sitzen lassen? Wovon redest du?«

»Irgendwann hat mir das nicht mehr gereicht, ist doch klar«, fuhr er unbeirrt fort. »Ich wollte dir auch im echten Leben nahe sein. Also habe ich mich beim RBB beworben, aber die wollten mich mit meinem abgebrochenen Jurastudium nicht haben. Wenn ich damals schon gewusst hätte, dass du die meiste Zeit von zu Hause aus arbeitest, hätte ich mir nicht die Mühe gemacht, auf andere Weise für den Sender zu arbeiten.«

»Du arbeitest für den Getränkelieferanten, nicht für den Sender«, sagte Emily.

Benjamins Blick driftete ins Leere. »Siehst du, welche Demütigung ich auf mich genommen habe, nur um dir nahe zu sein? Obwohl du mich verlassen hast und ich allen Grund gehabt hätte, auf dich sauer zu sein, habe ich nicht aufgegeben.«

Emily verstand nicht, wovon er sprach. »Wie kann ich dich verlassen haben, wenn wir nie zusammen gewesen sind?«

»Das glaubst du wirklich, oder?« Seine Körperhaltung veränderte sich, seine Kiefer mahlten. Lauernd starrte er sie an. »Für dich war es vielleicht nur ein unbedeutendes Zwischenspiel. Eine Sommerromanze, die man wieder vergisst. Aber für mich war es die große Liebe. Die einzige, die ich in meinem Leben gehabt habe.« Er nahm ein Foto von der Wand und hielt es ihr hin.

Emily betrachtete die verblasste Aufnahme, ein Klassenfoto, auf dem sie höchstens vierzehn war. Plötzlich erinnerte sie sich.

Ben, der unauffällige, einsame Junge mit der strengen Mutter. Er war nie Teil einer Clique gewesen, sondern hatte die Pausen allein am Rand des Schulhofs verbracht. Der Außenseiter der Klasse, der irgendwann die Schule gewechselt und den niemand vermisst hatte. Als er noch in ihrer Klasse gewesen war, hatte sie ihn ein paarmal aus Mitleid besucht und war mit ihm ins Schwimmbad gegangen. Der Kontakt war nie sonderlich intensiv gewesen und schnell wieder eingefroren, da sie wenig Gemeinsamkeiten gehabt hatten. Er interessierte sich für nichts anderes als seine Bücher und war ein Muttersöhnchen, das sich immer nur darum sorgte, ob seine Mutter wohl mit dem einverstanden war, was er tat.

»Gemeinsam beginnen wir noch mal ganz von vorne. Eine Familie, so wie ich es vorausgesagt habe.« Er schien mehr mit sich selbst als mit ihr zu sprechen, starrte durch sie hindurch.

»Du bist ja völlig verrückt geworden«, entfuhr es Emily, was sie sogleich bereute. Er gab ihr eine schallende Ohrfeige. Ihre Wange brannte und der Schmerz trieb ihr Tränen in die Augen.

»Hör auf, wie Mutter zu reden. Hör auf, hör auf, hör auf!« Mit wutverzerrtem Gesicht packte er sie am Arm. »Ich hatte gehofft, dass es nicht nötig wäre, dass wir uns auf normalem Weg annähern. Aber du lässt mir keine Wahl.«

Er zerrte sie zur Treppe und hinter sich her nach oben. Emily wehrte sich, versuchte, ihn abzuschütteln, doch sein Griff war gnadenlos. Der Kampf gegen ihn war nicht zu gewinnen. Seine Schritte waren so forsch, dass sie stolperte und beinahe stürzte.

»Denk dran, was mit Lea passiert, wenn du nicht mitspielst«, fauchte er. »Möchtest du, dass ich ihr wehtue?«

Augenblicklich erstarrte Emily. »Bitte, lass meine Tochter in Ruhe«, flehte sie ihn an.

»Was mit ihr geschieht, liegt ganz bei dir.« Die Kälte in seinem Gesicht jagte ihr einen Schauer über den Rücken.

Sie ließ sich ohne weitere Gegenwehr ins obere Stockwerk führen. Dort stieß er sie in Richtung der Tür, die zu dem Raum ohne Licht führte, und schubste sie so heftig hinein, dass sie stürzte.

Bevor sie sich hochrappeln konnte, hatte er die Tür zugeschlagen und schloss ab. »Jetzt kannst du in Ruhe über dein Verhalten nachdenken, während ich mich um deine Tochter kümmere«, brüllte er, dann entfernten sich seine Schritte.

Emily schrie auf. »Nein! Bitte, es tut mir leid. Ich mache es wieder gut!« Mit den Fäusten trommelte sie gegen die Tür. »Lass mich raus, bitte!« Draußen blieb alles still. Er war anscheinend nicht mehr da.

Verzweifelt sank sie zu Boden und brach in Tränen aus.

Es zerriss ihr das Herz, dass sie ihre Tochter nicht vor diesem Wahnsinnigen schützen konnte.

Wie war es nur so weit gekommen? Warum hatte sie nicht auf ihre Mutter gehört und war noch am selben Mittag in ein Hotel gezogen?

Es war alles ihre Schuld. Sie hatte die Situation nicht ernst genommen und jetzt musste Lea darunter leiden. Würde er sie umbringen, wie er es vermutlich mit Jannes getan hatte? Dieser Kerl war völlig außer Kontrolle und ihm war alles zuzutrauen.

Als sie sich ein wenig beruhigt hatte, sah Emily sich um. Sie durfte hier nicht in Selbstmitleid versunken sitzen und sich einfach aufgeben.

In der Finsternis entdeckte sie ein winziges rotes Leuchten. Was war das? Das Aufnahmelicht einer Kamera vielleicht? Beobachtete sie das Schwein etwa, wie sie hier zusammenbrach, und ergötzte sich an ihrem Leid? Wie krank musste man sein, um so etwas zu tun? Wütend reckte sie dem Licht den Mittelfinger entgegen.

»Du willst wissen, was ich mache? Dann musst du dich schon hierher bequemen«, murmelte sie.

Auf allen vieren, eine Hand von sich gestreckt, damit sie sich nirgends stieß, kroch Emily durch die Dunkelheit auf das rote Leuchten zu. Sie erreichte eine Wand, richtete sich in die Hocke auf und ertastete eine kühle, glatte Oberfläche. Der rote Punkt gehörte nicht zu einer Kamera, sondern zu einem Fernseher oder Monitor. Mit den Fingern fuhr sie an den Rändern entlang, bis ein helles Licht aufflackerte. Geblendet kniff sie die Augen zusammen und wich ein Stück zurück.

Auf dem Bildschirm erschien ein in Rosa gehaltenes, voll eingerichtetes Zimmer.

In einer Ecke stand ein Himmelbett, Spielzeug lag davor verteilt. Auf der Matratze kauerte Lea. Sie hatte die Knie angezogen und hielt ihre Beine mit den Armen umschlungen. Mit dem Oberkörper wippte sie vor und zurück. Sie lebte. Ihre Tochter lebte und sie schien unversehrt zu sein!

Plötzlich nahm Emily am unteren Bildschirmrand

eine Bewegung wahr. Eine Tür erschien im Bild. Dann sah sie Benjamin.

»Nein!«, schrie sie. »Geh weg! Verschwinde!« Verzweifelt trommelte sie mit den Fäusten auf den Boden. Benjamin auf dem Monitor reagierte nicht. Panik breitete sich in Emily aus und schnürte ihr die Luft ab. Sie konnte nicht atmen, so sehr sie sich auch anstrengte.

»Bitte«, japste sie. Ihr wurde schwindelig. »Bitte, tu ihr nicht weh!«

Kapitel 38

Die Nacht war kurz, aber ich habe so gut geschlafen wie schon lange nicht mehr. Zu wissen, dass Emily und ich nur durch eine Wand getrennt sind, hat mir ein unglaublich beruhigendes Gefühl gegeben.

Zugegeben, gestern Nacht bin ich zunächst etwas enttäuscht von ihrer Reaktion gewesen. Anstatt anzuerkennen, wie viel Mühe ich in die Galerie gesteckt habe, hat sie mich beleidigt. Sieht sie denn nicht, dass ich alles nur aus Liebe getan habe? Wie viele Stunden ich investiert habe, um all diese Fotos zu schießen, wie viel Anstrengung es mich gekostet hat, ihr immer auf den Fersen zu sein ...

Als sie mich verrückt nannte, fühlte ich mich zurückversetzt zu dem Moment, als sie damals in der Pause unseren Klassenkameraden meinen Brief gezeigt hatte. Sie standen im Pulk zusammen und haben sich totgelacht über die Zeilen, in denen ich ihr mein Herz ausgeschüttet hatte. Der Brief war natürlich anonym, aber ich fühlte mich trotzdem so gedemütigt, so bloßgestellt. Ich hatte das Gefühl, jeder könnte mir ansehen, dass ich der Verfasser war, also überredete ich Mutter, mich auf eine andere Schule zu schicken. Was ich schnell bereute, denn so brachte ich mich um die Chance, Emily jeden Tag in der Klasse zu sehen.

Und jetzt, gestern Abend, als wir endlich wiedervereint waren, hat sie es wieder getan. Sie hat sich über mich lustig gemacht. Verrückt ... wenn überhaupt, bin ich verrückt nach ihr. Was für eine Enttäuschung. Aber dann habe ich mich schnell auf meinen Plan besonnen.

Es war damit zu rechnen, dass sie nach der Entführung nicht sofort einsieht, dass wir füreinander geschaffen sind. Erst recht nicht, nachdem alles anders gelaufen ist, als ich es beabsichtigt hatte. Ich muss geduldig sein, ihr Zeit geben, auch wenn es mir schwerfällt. Irgendwann wird auch ihr Panzer fallen.

Ich gehe in die Küche und koche mir einen starken Tee. Zum Frühstück gönne ich mir eine Portion Schokopops. Leas Lieblingssorte. Mutter hat sie mir als Kind immer verboten. Zu viel Zucker. Stattdessen gab es Vollkornhaferflocken mit Joghurt. Eine trockene Angelegenheit.

Zucker weicht das Gehirn auf. Hätte ich dich als Kind essen lassen, was du wolltest, hättest du es gar nicht erst bis auf die Uni geschafft.

Was an meinem jetzigen Leben auch nicht viel geändert hätte.

Das ist nicht das Leben, das ich mir für dich vorgestellt hatte. Ich hatte große Erwartungen an dich ...

Die ich nie erfüllt habe, ja, ich weiß. Tut mir leid, dass ich so ein schlechter Sohn für dich war. Glücklicherweise musst du diese Schmach jetzt nicht mehr ertragen.

Während ich die schokoladigen Kügelchen in Milch aufweichen lasse, durchforste ich im Internet die Seiten mit den Lokalnachrichten. Die meisten sind dominiert von Schlagzeilen über Dr. Hambacher und einen vermeintlichen Anschlag, den es am Sonntag in Berlin gab und bei dem einige Polizisten getötet wurden. Doch schon die nächste Überschrift ist, wonach ich gesucht habe: *Student auf offener Straße attackiert: Polizei sucht Zeugen nach Raubüberfall.*

Kein Wort davon, dass dieser vermeintliche Raubüberfall tödlich war. Beim Überfliegen der Zeilen bestätigt sich meine Befürchtung. Jannes hat überlebt. Scheiße. Ich habe es versaut.

Du bringst eben nichts zu Ende. Das zieht sich wie ein roter Faden durch dein Leben.

»Halt's Maul!«, brülle ich Mutter an. »Halt dein verfluchtes Maul.«

Wütend knalle ich das Handy auf den Tisch, sodass etwas von der mittlerweile braungefärbten Milch aus der Schale Schokopops auf den Tisch schwappt.

Jannes hat aus Mund und Nase geblutet, er hat sich nicht mehr geregt. Ich dachte, ich hätte ihn erledigt. Verdammter Mist. Hätte ich doch nur etwas länger auf ihn eingetreten, nachdem ich ihn mit dem Holzscheit niedergeschlagen habe. Ich hätte mich nicht wie ein Feigling aus dem Staub machen dürfen. Das habe ich nun davon. Alles war so perfekt geplant und diese Kleinigkeit kann mir nun das Genick brechen.

Jetzt ganz ruhig bleiben, versuche ich, mich wieder runterzuholen. *Wenn du in Panik gerätst, hilft das niemandem.*

Ich muss es irgendwie in Ordnung bringen. Nur wie? Ich nehme mir noch einmal den Bericht vor. Der Artikel ist recht knappgehalten, keinerlei Informationen darüber, wie schwer seine Verletzungen sind oder in welches Krankenhaus er eingeliefert wurde. Es wird auch mit keinem Wort erwähnt, ob er eine Aussage zum Tathergang gemacht hat.

Dass die Polizei noch nicht bei mir vor der Tür steht, ist ein gutes Zeichen.

Vielleicht ist er so schwer verletzt, dass er im Koma liegt. Oder er kann sich nicht mehr daran erinnern, was genau passiert ist. So oder so, er hat offensichtlich noch niemandem verraten, was er herausgefunden hat. Jetzt muss ich nur noch dafür sorgen, dass es so bleibt.

Kapitel 39

Emily schreckte auf. Sie saß noch immer zusammengekauert an den hölzernen Bettrahmen gelehnt. Irgendwann mussten ihr die Augen zugefallen sein.

Sie hatte beobachtet, wie Benjamin in den Raum gekommen war und sich zu Lea gesetzt hatte. Der Monitor übertrug lediglich Bilder, keinen Ton, aber er hatte wohl einen CD-Player angeschaltet und redete immer mal wieder mit ihr. Nachdem Lea eine Weile regungslos am Kopfende des Himmelbettes gesessen hatte, entspannte sie sich zusehends und lächelte sogar mal kurz. Irgendwann schlief sie ein und Benjamin stand vorsichtig auf. Im Rausgehen schaute er direkt in die Kamera und streckte seinen hochgereckten Daumen in die Linse.

Die nächsten Stunden hatte Emily es nicht gewagt, ihren Blick von dem Monitor abzuwenden, aus Angst, dass er zurückkehren und ihrer Tochter etwas antun könnte. Er hatte ihr gedroht, dass Lea leiden müsste, wenn sie sich nicht an seine Regeln hielt und im Wohnzimmer hatte sie ganz eindeutig eine Grenze überschritten. Benjamin war nicht zurückgekehrt und irgendwann musste sie eingenickt sein.

Jetzt saß Lea auf dem Boden und spielte mit zwei Kuscheltieren. Am Fußende des Bettes stand eine Schüssel mit einem Löffel. Benjamin hatte ihr wohl etwas zu essen gebracht. Emily hatte keine Ahnung, wie viele Stunden sie bereits hier waren oder wie lange sie geschlafen hatte. Weder in ihrem Zimmer noch in dem, wo er Lea eingesperrt hatte, gab es irgendeinen Anhaltspunkt dafür, ob es noch mitten in der Nacht oder bereits Tag war.

Emily fiel ihre Mutter ein. Sie musste umkommen vor Sorge. Bei dem Gedanken keimte Hoffnung in ihr auf. Bestimmt hatte ihre Mutter längst die Polizei verständigt. Aufgrund von Emilys Anzeige gegen den unbekannten Stalker mussten sie ihr Verschwinden ernst nehmen und die Suche nach ihr einleiten.

Vielleicht gab es Zeugen, die gesehen hatten, wie Benjamin Lea und sie in seinen Transporter verfrachtet hatte, irgendjemand, der sich das Kennzeichen notiert hatte, weil ihm die Szene komisch vorgekommen war. Aber diese Hoffnung war gering: Berlin war kein Dorf, es passierten täglich seltsame Dinge. Die Menschen hier waren es gewohnt und die wenigsten interessierten sich dafür, was bei ihren Nachbarn oder gar draußen auf der Straße vor sich ging.

Bei dem Gedanken an Nachbarn schlug Emily die Hand vor den Mund. Es hatte einen Zeugen gegeben! Sie dachte an das Blut an Benjamins Händen, als er ins Wohnzimmer gekommen war, Jannes' Blut, ganz bestimmt. Er hatte ihr helfen wollen und dafür sterben müssen. Emily brach in Tränen aus. Wie sollte sie jemals wieder mit ruhigem Gewissen schlafen, wenn sie schuld am Tod eines Menschen war?

Auf jeden Fall musste sie hier raus, koste es, was es wolle. Im fahlen Lichtschein des Monitors sah sie sich ihr Gefängnis zum ersten Mal genauer an. Der Raum war nicht sehr groß, vielleicht drei auf vier Meter. Es gab kein Fenster. Auf der einen Seite stand das Bett, gegen das sie gelehnt saß, davor ein Läufer und daneben ein kleiner Tisch sowie ein Stuhl. An der gegenüberliegenden Wand hing der Monitor. Bis auf die Tür gab es auf den ersten Blick keinerlei Möglichkeiten zur Flucht.

Direkt vor der Tür entdeckte Emily ein Tablett. Darauf war ein vollständiges Frühstück angerichtet: ein Vollkornbrot mit Käse, ein Ei, ein Glas Orangensaft, außerdem eine Thermoskanne und eine kleine Glasvase mit einer Rose. Benjamin musste hier gewesen sein und es abgestellt haben, während sie geschlafen hatte.

Emily starrte sehnsüchtig auf das Glas. Sie hatte zwar keinen Hunger, aber unendlichen Durst. Ob er das Frühstück vergiftet hatte? Aber warum sollte er so etwas tun? Sie war ihm vollkommen ausgeliefert. Wenn er sie umbringen wollte, könnte er das einfach so machen und musste nicht auf solche Methoden zurückgreifen. Nein, Benjamin hatte noch etwas mit ihr vor, wollte, dass sie hier mit ihm lebte, er würde sie nicht vergiften.

Sie stand auf und verzog vor Schmerzen das Gesicht. Ihr Rücken rebellierte, da sie die ganze Zeit über zusammengesunken auf dem Boden gehockt hatte, und ihre Beine waren eingeschlafen.

Mit zusammengebissenen Zähnen hinkte sie zur Tür und nahm das Glas. Darunter lag ein zusammengefaltetes Stück Papier.

Gierig trank Emily den Saft in einem Zug aus, dann nahm sie den Zettel und hielt ihn ins Licht des Monitors. Die Nachricht war handgeschrieben.

Es tut mir leid, dass die Situation gestern Abend so eskaliert ist. Du musst verstehen, dass ich dir nichts Böses will. Ich hoffe, wir können noch mal von vorne beginnen. Damit du dir über ein paar Dinge klar werden kannst, gebe ich dir Zeit zum Nachdenken.

Von vorne beginnen. Dass sie nicht lachte. Benjamin hatte sie über Jahre verfolgt, hatte sie bedroht und war heimlich in ihre Wohnung eingedrungen. Um an sie ranzukommen, hatte er verdammt noch mal sogar ihren Mann getötet. Er musste vollkommen verrückt sein, wenn er glaubte, dass Emily ihm jemals unvoreingenommen gegenübertreten würde.

Aber vielleicht bestand genau darin ihre Chance. Sie erinnerte sich daran, was er im Wohnzimmer zu ihr gesagt hatte. Sie und er sollten eine Familie sein und er hatte davon gesprochen, dass er es auf »normalem Weg« versuchen wollte.

Wenn sie sein Spiel mitspielte und sein Vertrauen erarbeitete, wenn sie so tat, als würde sie etwas in ihm sehen, ihm vorgaukelte, dass sich etwas zwischen ihnen entwickelte, dann würde er hoffentlich unaufmerksam werden. Er würde sie vielleicht sogar frei im Haus herumlaufen lassen. In der Küche waren mit Sicherheit Messer. Sie musste nur lang genug durchhalten, dann würde sich eine Gelegenheit ergeben.

Nachdenklich drehte sie das leere Glas in ihrer Hand. Ihr kam noch eine andere Idee. Sie schlug es leicht gegen den Rahmen des Bettes. Es zeichnete sich sofort ein großer Sprung ab, der beim nächsten Schlag brach, sodass sie eine Scherbe mit einer scharfen Spitze in der Hand hielt. Sie konnte auf Zeit spielen und hoffen, dass er ihr irgendwann genug vertraute, oder sie konnte sich jetzt zur Wehr setzten mit dem, was sie zur Verfügung hatte.

Kapitel 40

Es war nicht schwer, herauszufinden, in welches Krankenhaus Jannes eingeliefert wurde. Zum Glück gibt es einige Schmierblätter, die nicht viel Wert auf Privatsphäre legen. Auf dem Weg fahre ich bei Emilys Wohnung vorbei und bringe seinen Nachnamen in Erfahrung. Danach kostet es mich nur noch einen Anruf beim Empfang der Klinik und ich habe seine Zimmernummer. Die Dame am Telefon gibt mir bereitwillig Auskunft und erleichtert mir damit meine Suche enorm. Am liebsten hätte ich mich erkundigt, ob er von Polizisten bewacht wird, aber das muss ich wohl selbst herausfinden.

Den Transporter parke ich in einer Seitenstraße, da das Parkhaus voll mit Kameras hängt. Dann setze ich mir meine Basecap auf und betrete das gelbe Backsteingebäude. Ich halte den Kopf gesenkt, vermutlich befinden sich auch hier etliche Überwachungskameras. Mit dem Aufzug fahre ich in den dritten Stock. Auf dem Flur empfängt mich der typische Gestank von Desinfektionsmitteln vermischt mit dem Geruch von Convenience-Essen.

Es ist Mittagszeit und überall herrscht reger Betrieb. Patienten und ihre Besucher sind unterwegs, dazwischen wuselt das Pflegepersonal herum und verteilt Mittagessen. Ich schlendere ein paarmal den Gang auf und ab, auf dem Jannes' Zimmer liegt. Niemand schenkt mir Beachtung, warum auch. Offenbar wurde keine Überwachung für ihn angeordnet, denn ich kann keine Polizisten entdecken. Wenn die nicht direkt bei ihm sitzen ... Der Gedanke macht mich nervös und ich vertrete mir noch ein wenig die Beine.

Ich muss mich einfach an meinen Plan halten, dann kann überhaupt nichts schiefgehen. Selbst wenn Bullen bei ihm sein sollten, sie können nicht wissen, wer da vor ihnen steht. Vielleicht habe ich mich nur im Zimmer geirrt. Wenn ich jemanden bei ihm sehe oder mir etwas komisch vorkommt, drehe ich mich einfach um und verschwinde. Was wirklich traurig wäre. Undenkbar, dass eine kleine Nachlässigkeit nun alles zerstört. Ich wäre gezwungen, meinen Traum fürs Erste aufzugeben und wieder von vorn anzufangen. Wie gewonnen, so zerronnen.

Aber das ist das Worst-Case-Szenario, versuche ich, mich zu beruhigen. Wenn ich nur darüber nachdenke, was im schlimmsten Fall passiert, kann ich mich nicht aufs Hier und Jetzt konzentrieren.

Die Bewegung hat mich ein wenig runtergeholt und ich fühle mich sicherer. In einem ruhigen Moment klopfe ich an die Tür und betrete das Krankenzimmer. Im Reingehen nehme ich die Mütze ab und hänge sie an die Türklinke der Toilette.

Jannes ist allein. Er liegt am Fenster und schaut auf, als er mich bemerkt. Um seinen Kopf ist ein Verband gewickelt, sein rechtes Auge ist zugeschwollen, blutunterlaufen und bis zum Wangenknochen tiefblau verfärbt. Seine Unterlippe wurde genäht. Die gelbe Wandfarbe lässt ihn noch ungesünder aussehen, als es die Verletzungen allein tun. Fragend blinzelt er mich aus dem gesunden Auge an.

Ich beobachte seine Miene ganz genau, versuche, jede noch so kleine Bewegung zu registrieren. Da ist kein Zeichen, keine Regung, die darauf hindeutet, dass er mich erkennt.

Aber würde er sich nicht exakt so verhalten, wenn er wüsste, wer ich bin? Ich kann wohl kaum erwarten, dass er schreiend aufspringt und damit riskiert, dass ich ihm direkt hier an die Gurgel gehe. Wobei ich das gar nicht vorhabe, das wäre viel zu riskant. Vielleicht sind es die massiven Verletzungen oder lokale Betäubungen, die verhindern, dass seine Mimik normal funktioniert. Wenn ich vom Zahnarzt komme, sehe ich auch immer aus wie Sylvester Stallone nach einem Schlaganfall.

»Ja, bitte?«, reißt er mich aus meinen Gedanken, nachdem wir uns eine Weile schweigend gegenüberstanden.

»Guten Tag, Herr Enzmann. Mein Name ist Wengel von der Kripo Berlin«, sage ich meinen Text auf und versuche, dabei wichtig auszusehen. Noch immer deutet nichts in seinem Gesicht darauf hin, dass er weiß, dass ich lüge.

»Schon wieder? Ich habe Ihren Kollegen schon gesagt, dass ich nichts weiß.« Er nuschelt ganz furchtbar, die genähte Lippe macht ihm das Sprechen schwer.

Ich muss mich zusammenreißen, damit sich kein verräterisches Lächeln auf meinem Gesicht ausbreitet. Er hat also nichts verraten. Vielleicht weil er sich tatsächlich an nichts erinnert. Ich habe es recherchiert. Laut Google ist es möglich, dass einem nach einer Verletzung des Kopfes mehrere Stunden fehlen. Retrograde Amnesie nennt man das. Die kann dauerhaft bestehen oder sich nach und nach auflösen. Es ist also völlig egal, ob es stimmt, dass er sich an nichts erinnert, oder ob er lügt. Er muss mit mir kommen.

»Das ist sehr bedauerlich. Aber wir müssten das als offizielle Aussage aufnehmen. Ich bin hier, um Sie abzuholen und aufs Revier zu bringen.«

Jannes hebt erstaunt eine Augenbraue und verzieht gleich darauf schmerzverzerrt das Gesicht, was ihm wiederum Schmerzen zu bereiten scheint. »Hat das nicht Zeit?«

»Sie wollen doch sicher auch, dass der Täter so schnell wie möglich gefasst wird, oder?« *Der Täter*. Die männliche Form. Habe ich damit zu viel verraten? Aber in Krimis ist doch auch immer nur die Rede von einem Täter, oder?

»Wie sollte es Ihnen bei der Fahndung nach dem Täter helfen, wenn ich nichts zum Ablauf sagen kann?«

»Wirklich rein gar nichts?«, hake ich nach. Jetzt kommen wir der Sache doch schon ein wenig näher.

Jannes kneift sein gesundes Auge ganz leicht zusammen, seine Miene wirkt skeptisch. »Meine letzte Erinnerung ist, dass ich mit Freunden essen war und nach Hause fahren wollte. Aber das habe ich alles schon Ihren Kollegen erzählt ...«

Ich würde gerne weitere Fragen stellen, um herauszufinden, was er wirklich weiß, doch ich darf nicht zu tief bohren. Anscheinend ist er jetzt schon misstrauisch, warum mir Informationen fehlen, die er bereits mitgeteilt hat.

»Nun, jedenfalls brauchen wir das offiziell mit einer Unterschrift von Ihnen. Eine reine Formsache. Es wird nicht lange dauern.«

»Ich bin noch nicht entlassen«, sagt Jannes gequält. »Können wir das nicht später erledigen, wenn ich wieder fitter bin?«

Das Gespräch entwickelt sich so gar nicht, wie ich es geplant hatte. Ich habe mir eine Ausrede dafür überlegt, wenn er einen Ausweis sehen will, aber damit, dass er sich weigert, mitzukommen, habe ich nicht gerechnet.

Die meisten Menschen hinterfragen nicht, was die Polizei sagt, sie tun einfach, was man von ihnen verlangt. Irgendwie muss er aus diesem Zimmer zu bekommen sein.

Vielleicht sollte ich ihn doch gleich hier erledigen.

Nein! Bleib bei deinem Plan, ermahne ich mich. Er wird sich nicht einfach so umbringen lassen und ein Kampf verursacht Geräusche und führt unweigerlich dazu, dass ich eine Menge Spuren hinterlasse.

»Wie gesagt, es geht alles sehr schnell. Zwei Kollegen von mir warten unten. Sie geben uns eine Unterschrift und alles ist gut«, versuche ich es noch einmal.

»Sagten Sie nicht gerade, ich muss mit aufs Revier kommen?«

Mist. Schweiß tritt mir auf die Stirn. Warum merkt er sich denn solche Details? Jetzt fehlt nur noch, dass er meinen Ausweis sehen will. Mein Plan ist wohl doch nicht so durchdacht. Jetzt nur nicht zu nervös werden. »Nun ja. Eigentlich wollten wir Sie aufs Revier bringen, aber wenn Sie sich nicht danach fühlen, gibt es sicher auch die Möglichkeit, das hier zu erledigen.«

Jannes atmet tief ein, dann zieht er sich an dem Galgen hoch. »Na schön, bringen wir es hinter uns. Ist vielleicht ganz gut, wenn ich mal kurz hier rauskomme.«

Ich sehe mich um und entdecke einen Rollstuhl, den ich schnell ans Bett schiebe. »Setzen Sie sich besser.

Ich will nicht riskieren, dass Sie mir auf dem Weg schlappmachen.«

Er nimmt das Angebot dankbar an und lässt sich mit einem Seufzer in den Stuhl sinken. Ich schiebe ihn zur Tür. Dort setze ich meine Mütze wieder auf, jetzt kann er mich ja nicht mehr sehen, atme noch einmal tief durch und gehe hinaus auf den Gang.

Einfach cool bleiben, sage ich mir. *Auffällig ist am unauffälligsten.* Mit festen Schritten marschiere ich in Richtung Aufzüge und rufe mir dabei den Vorfall an der Uni in Erinnerung. Damals waren drei Männer in Arbeitskleidung in den Hörsaal spaziert und hatten wie selbstverständlich die Beamer abmontiert. Erst später stellte sich heraus, dass sie nicht von der Uni beauftragt waren, sondern die Geräte gestohlen hatten. Natürlich hatte jeder, sogar der Professor, angenommen, dass alles seine Richtigkeit hätte.

Ich rolle Jannes in den Aufzug und achte darauf, stets hinter ihm zu bleiben. Fast geschafft. An der Eingangspforte wird Jannes nervös und dreht sich zu mir um.

»Sagten Sie nicht, Ihre Kollegen wären hier?« Der nimmt es aber auch ganz genau. Dämlicher Klugscheißer.

»Ja, sie sind in einem Café um die Ecke. Sie wissen doch, dass man in Krankenhäusern nur schlechten Kaffee bekommt.«

Die Antwort scheint ihn zufriedenzustellen, er entspannt sich etwas.

Beim Transporter angekommen, erkläre ich ihm, dass ich noch die Unterlagen aus dem Auto holen muss, und stelle ihn vor der Schiebetür ab. Dann klettere ich in den Wagen und öffne ihn von innen.

Schnell schaue ich mich um. Es ist niemand zu sehen, wenn ich mich beeile, gibt es keine Zeugen. Noch bevor Jannes weitere Fragen stellen kann, packe ich ihn und zerre ihn ins Auto. Er ist so perplex, dass er nicht mal protestiert.

Erst als er auf der harten Ladefläche aufschlägt, schreit er auf. Da ist es jedoch zu spät, denn ich umwickle seinen Kopf mit dem bereitgelegten Schal und stelle ihn damit ruhig. Seine Gegenwehr fällt schwach aus, er ist noch zu mitgenommen von seinen Verletzungen. Seine Hände fessle ich mit dem Seil, das ich gestern für Emily benutzt habe. Dann lade ich den Rollstuhl ein und schließe die Tür.

Die Fahrt über wird er munterer, tritt um sich und veranstaltet einen Heidenlärm da hinten. Ich bin heilfroh, als ich vor Mutters Haus stehe, ohne von der Polizei angehalten worden zu sein.

Damit ich Jannes nicht über die halbe Einfahrt schleppen muss, bin ich auf den Rasen vor die Haustür gefahren, sodass ich die Schiebetür öffnen und ihn direkt ins Haus bugsieren kann.

Der Rollstuhl leistet mir gute Dienste. Ich verfrachte ihn mit einiger Anstrengung aus dem Auto. Er brüllt unverständliches Zeug in den Schal und zappelt wie ein Delfin im Schleppnetz, aber ich schaffe es schließlich, ihn in den Rollstuhl zu setzen und mit einem weiteren Seil zu fixieren. Meine Kleidung ist schweißnass und meine Haare kleben im Gesicht. Ich rolle ihn in die Küche. Mittlerweile hat er es aufgegeben, sich in dem Stuhl von links nach rechts zu werfen. Vermutlich aus Angst, mit dem Ding umzukippen und auf den Kopf zu fallen, da er sich nicht abfangen kann.

Noch immer außer Atem beuge ich mich zu ihm und tätschle seine Wange. Er zieht mit einem Schmerzenslaut den Kopf weg.

»Ich bin gleich wieder bei dir«, sage ich und grinse ihn fröhlich an, dann drehe ich mich um und gehe zur Treppe. Bevor ich mich um ihn kümmere, muss ich wenigstens kurz nach meiner süßen Emily sehen.

Kapitel 41

Schritte näherten sich auf der Treppe. Emily versteifte sich und umklammerte die Scherbe. Das untere Stück hatte sie mit etwas Stoff umwickelt, den sie aus ihrem Rock herausgetrennt hatte, damit sie die scharfen Kanten festhalten konnte, ohne sich zu schneiden. Den Arm hielt sie wie beiläufig hinter ihrem Rücken verborgen. Sie hatte nur diese eine Chance. Wenn sie die vermasselte, hatte sie verloren. Er würde nicht noch einmal so dumm sein, ihr etwas zu überlassen, das sie als Waffe benutzen konnte.

Die Tür wurde aufgeschlossen und Benjamin steckte seinen Kopf durch den Schlitz. Als er sah, dass sie stand, kam er in den Raum und schloss die Tür hinter sich.

»Du hast also ausgeschlafen«, sagte er in einem fröhlichen Plauderton, als wäre Emily freiwillig zu Gast. »Wie geht es dir heute Morgen? Wobei man eher schon Mittag dazu sagen kann.«

Emily räusperte sich. Sie musste so lange mitspielen, bis er dicht genug rankam und sie zustechen konnte. »Gut. Etwas verspannt.«

»Mir geht es auch wunderbar, danke der Nachfrage.« Sein Blick fiel auf das Tablett. »Oh, du hast gefrühstückt. Sehr schön.«

Hatte sie nicht, das Brot und das Ei lagen unter dem Bett, aber sie wollte ihm zumindest den Eindruck vermitteln, dass sie seine Bemühungen wertschätzte.

Benjamin schob das Tablett mit dem Fuß zur Seite und kam auf sie zu. »Hör mal, ich möchte mich für gestern Abend entschuldigen.« Er musterte sie im fahlen Licht des Bildschirms. »Du musst verstehen, dass mich deine Beleidigung sehr verletzt hat. Die Galerie ist nichts weiter als ein Ausdruck meiner innigen Liebe zu dir.«

»Das verstehe ich. Natürlich wollte ich dich nicht beleidigen, ich habe mir einfach Sorgen um Lea gemacht. Aber jetzt weiß ich, dass es ihr gut geht.«

Er war jetzt ganz nah, aber nicht nah genug. Noch wenige Schritte und Emily konnte ihm die Scherbe in den Hals rammen.

»Also sind wir uns einig, dass so etwas in Zukunft nicht mehr vorkommt. Dann wird es dir und Lea auch weiterhin gut gehen.«

Benjamin blieb stehen. Er runzelte die Stirn, schaute kurz zu Boden und starrte dann Emily an. »Hast du das gehört?«

Emily schluckte trocken. »Was denn?« Sie hatte es genau gehört.

Er war auf eine Scherbe getreten.

Eigentlich hatte sie sich bemüht, alle Reste von dem Glas wegzuräumen und unters Bett zu kehren, aber sie musste in der Dunkelheit eine übersehen haben.

Benjamins Hand schnellte nach vorne.

Emily wich ihm blitzschnell aus und hieb mit der Scherbe nach seinem Hals.

Mit einer geschickten Bewegung wehrte er den Schlag ab und sie erwischte ihn lediglich am Arm. Die Scherbe ritzte seine Haut auf und fiel ihr aus der Hand. Benjamin stöhnte auf und hielt sich die Wunde.

»Du Miststück!«, schrie er.

So schnell Emily konnte, rannte sie in Richtung Tür.

Sie war kurz davor, die Klinke zu erreichen, da packte er sie am T-Shirt. Emily wand sich, doch er ließ nicht locker und zerrte sie zurück, sodass der Kragen ihr die Luft abschnürte.

»Es tut mir leid«, japste sie. »Lass mich los, bitte!«

»Wer einmal lügt ...«, knurrte er, doch sie merkte, wie sein Griff sich ein wenig lockerte.

Den Moment nutzte sie und warf sich nach vorn auf die Knie. Der Stoff rutschte ihm aus der Hand und sie hetzte zur Tür und riss sie auf.

Die Treppe lag direkt vor ihr. Emily rannte darauf zu, doch Benjamin war schneller. Noch bevor sie die erste Stufe erreichte, riss er sie an den Haaren zurück und sie fiel schmerzhaft zu Boden, schlug mit dem Hinterkopf auf. Der Aufprall presste ihr die Luft aus den Lungen und ein stechender Schmerz explodierte in ihren Rippen.

Benjamin hockte über ihr, sie spürte seinen schweren Atem auf ihrer Haut. Er beobachtete, wie sie sich unter ihm wand und lächelte.

»Du krankes Schwein«, spie sie ihm ins Gesicht und zuckte vor Schmerzen zusammen. Sie hatte sich wahrscheinlich eine Rippe gebrochen.

Das Lächeln auf Benjamins Lippen verschwand und seine Miene verzerrte sich vor Wut. »Ich habe dir gesagt, du sollst mich nicht beleidigen.«

Er holte aus. Mit voller Wucht landete seine Faust in ihrem Gesicht.

Emily hörte ein knirschendes Geräusch und merkte, wie ihr Kiefer brach. Sie schmeckte Blut, kleine Splitter verteilten sich in ihrem Mund. Er musste einen Zahn erwischt haben.

Benjamin setzte zum nächsten Schlag an und Emily versuchte, mit den Armen ihren Kopf zu schützen, doch zu spät. Seine Faust prallte gegen ihre Schläfe.

Kapitel 42

Ich bin enttäuscht. Hat sie wirklich geglaubt, mich so einfach überlisten zu können? Mir ist sofort aufgefallen, dass das Glas nicht mehr auf dem Tablett stand, aber ich hatte die Hoffnung, dass sie es nur woanders abgestellt hat. Als ich dann auf die Scherbe getreten bin, war es klar.

Sie hat mich betrogen, meine Gutmütigkeit ausgenutzt, um mir zu schaden, ja, mich sogar zu verletzen. Wer weiß, vielleicht hätte sie sogar meinen Tod in Kauf genommen. Aber ich bin kein Dummkopf, so einfach lasse ich mich nicht blenden. Und doch tut es mir leid, dass ich derart brutal vorgehen musste.

Meine Hand zittert, als ich ihren Puls fühle. Gott sei Dank, sie lebt noch.

Meine süße Emily, verzeih mir bitte. Ich wollte nicht so fest zuschlagen, aber du hast mich mit deinem Verhalten dazu gezwungen. Und außerdem hast du mich wieder beleidigt, nachdem du mir nur wenige Minuten vorher geschworen hast, es nie wieder zu tun.

Ich bin kein krankes Schwein und niemand sollte mich so nennen. Erst recht nicht die Frau, die ich liebe und die mich lieben sollte. Sie muss ein für alle Mal begreifen, dass sie mich so nicht behandeln darf, denn sonst werde ich unberechenbar und gerate völlig außer Kontrolle.

Vielleicht wird ihr das klar, wenn ich es ihr zeige. Wenn ich sie mit in die Küche nehme und sie mit eigenen Augen sieht, wie Jannes dafür büßt, dass er sich eingemischt hat. Wann immer sie denkt, sie müsste mich hintergehen, kann sie sich diesen Moment in Erinnerung rufen und sich bildlich vorstellen, was ich mit ihrer kleinen Lea mache, wenn sie sich nicht zusammenreißt.

Ja, das ist eine gute Idee. Ich merke, wie ich ruhiger werde und mein Puls sich normalisiert.

Keine Sorge, geliebte Emily, wir finden eine Lösung, wie wir friedlich zusammenleben können. Und irgendwann wirst du einsehen, dass dies das beste Leben ist, das du dir wünschen kannst. Zumal es das einzige ist, das du noch bekommen wirst.

Vorsichtig drehe ich sie auf den Bauch und binde ihre Handgelenke hinter dem Rücken zusammen. Momentan ist sie verwirrt und ihr ist alles zuzutrauen, deswegen ist es besser, ich schütze sie vor sich selbst. Dann hebe ich sie hoch und trage sie die Stufen hinab. Sie ist so leicht, ein Fliegengewicht. Ich werde sie immer auf Händen tragen, wohin sie will.

In der Küche angekommen, traue ich meinen Augen nicht. Der Rollstuhl steht da, wo ich ihn zurückgelassen habe, aber Jannes ist verschwunden. Mein Mund wird schlagartig trocken und ich habe das Gefühl, dass der Boden unter meinen Füßen zu schwanken beginnt.

»Nein!« Sachte setze ich Emily auf einen Stuhl. Sie ist noch immer bewusstlos. »Nein, das kann nicht sein.« Ich schaue mich hektisch in der Küche um. Wie hat er es geschafft, sich zu befreien?

Deine Nachlässigkeit fällt dir so langsam vor die Füße. Das hast du davon, ständig nur Emily im Kopf zu haben.

»Sei still, Mutter!«, brülle ich. Ihre selbstgefälligen Kommentare kann ich jetzt überhaupt nicht gebrauchen. Ich muss nachdenken. Noch bevor ich einen klaren Gedanken fassen kann, sehe ich einen Schatten aus dem Esszimmer auf mich zustürmen. In der Hand hält er eine von Mutters kostbaren Vasen. Sie zerschellt am Boden, als er damit nach mir schlägt und sie ihm aus den Fingern rutscht.

Schwer atmend steht er mir gegenüber. In seinem Blick liegt eine Mischung aus Wut und Angst. Ich gehe langsam rückwärts in Richtung Anrichte, wo der Messerblock steht.

»Keinen Schritt weiter!«, nuschelt er.

Ich muss lachen, so unbeholfen klingt er. »Was sonst?«, frage ich. Meine Finger tasten über die Arbeitsplatte.

Jannes schaut sich um, scheint nach einer neuen Waffe zu suchen. Er hebt einen Stuhl hoch und schleudert ihn mir entgegen. Ich weiche mühelos aus. Währenddessen rennt er los in Richtung Flur. Emily hustet. Ich schaue sie kurz an, dann höre ich ein Geräusch.

Die Haustür! Scheiße! Ich habe nicht abgeschlossen! Ich schnappe mir eines der Messer und jage ihm hinterher. Er darf nicht entkommen!

Kapitel 43

Langsam öffnete Emily die Augen. Nur mühsam schaffte sie es, ihren Blick zu fokussieren. Sie saß in der Küche auf einem Stuhl, ihre Hände waren auf den Rücken gefesselt. Jeder Atemzug jagte einen Feuerstoß durch ihre Brust. Ihre Lippen fühlten sich geschwollen an und ihr Gesicht war ein einziger Schmerz.

Benjamin stand vor ihr, beachtete sie aber nicht. »Sei still, Mutter!« Er schrie so heftig, dass er spuckte. Sein Blick war auf etwas hinter ihr gerichtet.

Vorsichtig versuchte Emily, ihre Arme zu bewegen. Das Seil um ihre Handgelenke saß nicht besonders straff und löste sich schon nach kurzer Zeit. Mit den Fingern hielt sie es an Ort und Stelle, damit es nicht herunterrutschte und auf den Boden fiel.

Mit einem Mal zuckte Benjamin zusammen und bückte sich. Zuerst befürchtete sie, dass er gemerkt hatte, wie sie ihre Fesseln gelöst hatte, doch dann schoss etwas an ihr vorbei und krachte auf den Boden.

Das Geräusch hämmerte in ihrem Kopf und ihr wurde schwindelig, als sie nachschauen wollte, was es war und woher es kam. Sie sah eine Gestalt, konnte aber nicht erkennen, um wen es sich handelte. Allein die Anstrengung verursachte ihr Übelkeit. Vermutlich hatte sie eine fiese Gehirnerschütterung.

»Keinen Schritt weiter«, sagte die Person, die Worte waren undeutlich und kaum verständlich. Jannes? Es klang wie seine Stimme. Sie musste träumen. Emily holte tief Luft, um klarer zu werden. Tatsächlich, Jannes war hier. Sein Kopf war verbunden und sein Gesicht sah schrecklich aus, Auge und Lippe geschwollen, überall Schrammen. Und doch war er gekommen, um sie zu retten. Tränen traten ihr in die Augen.

»Was sonst?«, fragte Benjamin mit einem irren Lachen. Er stand mittlerweile vor der Arbeitsplatte, sein Blick wirkte entrückt.

Jannes zog den Stuhl, der neben ihr stand, unter dem Tisch hervor und schleuderte ihn in Benjamins Richtung. Unwillkürlich zog Emily den Kopf ein. Der Stuhl verfehlte sein Ziel und knallte gegen die Arbeitsplatte. Im selben Moment rannte Jannes los in Richtung Flur. Emily wollte ihm zurufen, dass er sie nicht allein lassen sollte, doch sie verschluckte sich am Blut, das sich in ihrem Mund gesammelt hatte.

Benjamin packte eins der Messer von der Arbeitsplatte und setzte ihm nach. Sie hörte, wie die Tür aufgerissen wurde und seine Schritte sich entfernten. Einen Moment lauschte sie, doch sie konnte nichts mehr hören. Hatte Jannes sie wirklich zurückgelassen? Oder war das nur ein Trick, um Benjamin von ihr wegzulocken, damit sie sich befreien konnte?

Ja, das musste es sein. Auf einen Schlag war Emily hellwach. Sie ließ die Fesseln fallen und sprang vom Stuhl auf. Ein Fehler, denn ihr wurde sofort schwummrig und sie musste sich auf der Tischplatte abstützen, um nicht umzukippen. Es dauerte einen Moment, bis sie sich gefangen hatte, dann schaute sie sich um. Sie musste Lea finden, ohne sie konnte sie nicht gehen. So schnell es ihre Verletzungen zuließen, schleppte sie sich in den Flur.

Benjamin hatte sie wahrscheinlich im Keller untergebracht. Eine der beiden Türen neben der Treppe musste es sein. Die rechte war offen, dahinter befand sich eine Besenkammer. Also die andere. Sie ging auf die linke Tür zu und drückte die Klinke. Wie gestern verschlossen. Sie presste ihr Ohr gegen das Türblatt, hörte aber nur das Rauschen ihres Blutes. »Lea«, rief sie und ignorierte den Schmerz, den der Lärm in ihrem Kopf hervorrief. »Schätzchen, kannst du mich hören?«

Schritte ließen sie herumfahren. Vor ihr stand Jannes und legte ihr die Hand auf den Mund. »Pst, sei leise. Sonst kommt er zurück. Wir müssen raus hier.«

Emily prustete gegen seine Handfläche und schüttelte den Kopf. Er war verrückt, wenn er glaubte, dass sie ihre Tochter zurücklassen würde. Sie drehte sich um und rüttelte an der Tür, die keinen Millimeter nachgab. »Ich gehe nicht ohne sie!«

»Er sucht da draußen nach mir. Emily, wir bringen uns in Sicherheit und rufen die Polizei. Es bringt Lea nichts, wenn du tot bist!«

Wütend fuhr Emily herum und funkelte ihn an. »Warum bist du zurückgekommen?«, fragte sie. Sie war ihm dankbar dafür, aber es war so leichtsinnig von ihm. Warum hatte er nicht die Polizei informiert?

»Ich bin nicht gekommen, er hat mich aus dem Krankenhaus entführt!«

Es war alles so unfair. Jannes setzte hier für sie sein Leben aufs Spiel und dafür schuldete sie ihm was. Doch sie konnte unter keinen Umständen Lea zurücklassen, das musste er verstehen. »Es bringt mir nichts, zu überleben und meine Tochter hier sterben zu lassen. Geh du und hol Hilfe. Ich bleibe hier.«

Ohne ein weiteres Wort kehrte Jannes ihr den Rücken zu. Doch statt nach draußen zu rennen, schloss er die Haustür, drehte den Schlüssel herum und ging in die Küche. Mit einem großen Messer in der Hand kam er zurück. In der anderen hielt er ein kleineres, das er ihr in die Hand drückte. »Geh ins Wohnzimmer und halt dich versteckt, falls er zurückkommt. Ich sehe zu, dass ich die Tür hier aufbreche.«

Emily schluckte ihre Tränen herunter und nickte. Dann drückte sie sich im dunklen Wohnzimmer direkt neben dem Türrahmen an die Wand. Für einen kurzen Augenblick schloss sie die Augen, da die Schmerzen übermächtig zu werden drohten. Als sie sie wieder öffnete, stand Benjamin vor ihr im Flur.

Kapitel 44

Fast muss ich lauthals lachen, als ich durch die Garage zum Seiteneingang husche. Jannes hat mich ausgesperrt, aber nicht für lang. Was für ein naiver Junge. Statt die Gelegenheit zur Flucht zu nutzen, hat er mich aus Mutters Haus gelockt und ist geblieben. Ihm muss klar gewesen sein, dass ich ihn verfolgen würde, also hat er nur die Tür aufgemacht und sich dann versteckt. Hätte er nicht so laut mit Emily geredet, ich hätte ihn vermutlich noch eine Weile draußen gesucht. So ein armer, dummer Junge, will unbedingt den Helden spielen. Es ist beinahe, als hätte sie alles so geplant, als hätte sie gewusst, dass Jannes im Haus ist und sich mit ihm abgesprochen. Doch das ist unmöglich.

Leise schleiche ich rein, ziehe die Tür hinter mir zu und durchquere die Küche. Jannes bemerkt mich nicht, er ist viel zu beschäftigt damit, in den Keller einzubrechen. Es stimmt mich traurig, dass das alles jetzt ein Ende haben wird. Ich hatte mir unser gemeinsames Leben so schön vorgestellt, doch Emily musste es unbedingt zerstören. Jetzt ist meine Geduld am Ende. Vielleicht werde ich es irgendwann bereuen, doch ich habe nicht mehr die Kraft, mich weiter von ihr demütigen zu lassen. Sie und Lea werden die Konsequenzen tragen und unsere gemeinsame Zeit wird nur eine Erinnerung sein, die langsam verblasst.

Ich sehe sie. So gerissen, wie sie ist, im Verstecken ist sie nicht sonderlich gut. Ihr nackter Oberarm schaut über den Türrahmen hinaus. Mit leisen Schritten gehe ich auf sie zu, bleibe direkt vor ihr stehen. Sie hat die

Augen geschlossen. Ihre rechte Gesichtshälfte ist aufs Doppelte angeschwollen, verkrustetes Blut klebt an ihren Mundwinkeln. Mann, ich habe sie ganz schön erwischt. In diesem Zustand ist nicht mehr viel von ihrer Schönheit übrig.

Ich wende mich ab und schleiche mich hinter Jannes. Um ihn werde ich mich zuerst kümmern. Blitzschnell greife ich zu und lege meine Hand um seinen Hals. Er keucht, will schreien, doch ich drücke so fest zu, dass er nur ein heiseres Krächzen herausbekommt. Seine Gegenwehr ist heftig, er schlägt nach mir und ich versuche auszuweichen, ohne den Druck auf seine Kehle zu verringern. Wir geraten ins Straucheln, fallen und ich lande auf seinem Körper.

Plötzlich höre ich einen Schrei und ein heißer Schmerz schießt mir in die Schulter. Ich spüre, wie mir warmes Blut den Rücken herunterläuft und lasse seinen Hals los. Ein Stoß wirft mich von Jannes herunter. Er atmet noch, keucht und hustet Blut.

Emily steht neben mir. Ich starre in ihr Gesicht, ihr Blick ist dunkel, zornig, voller Hass. Sie hält ein Messer in der Hand. Eines von Mutters Messern.

Mit einem weiteren Schrei stürzt sie sich auf mich. Ich versuche, mich zur Seite zu rollen, doch meine Muskeln reagieren nicht, wie ich es will.

Sie hockt nun auf mir, ich spüre ihre Wärme, atme ihren Duft ein. Zum ersten und letzten Mal sind wir uns ganz nah. Mein Schwanz wird so hart, dass es beinahe wehtut, während ich in ihre Augen schaue. Sie holt mit dem Messer aus, will erneut auf mich einstechen.

Gerade noch so schaffe ich es, den Arm zu heben.

Die Klinge fährt in mein Fleisch, schabt am Knochen entlang. Seltsamerweise fühle ich keine Schmerzen, nur Enttäuschung und Wut.

Warum tut sie mir das an? Ich wollte stets nur das Beste für sie, habe alles für sie getan, aber sie kann es einfach nicht würdigen.

Ich will sie packen, das Messer in sie hineinrammen, aber ich kann nicht mal mehr den Kopf heben. Meine Kräfte schwinden, mein Blick verschleiert.

Emily hat gewonnen. Die mutige, schöne Emily. Ein heiseres Lachen entfährt mir. Dann spüre ich, wie mein Körper zu krampfen beginnt. Es ist vorbei.

Kapitel 45

Die Sonne brannte vom Himmel, es war ein wolkenloser Tag. Thorsten hätte das Wetter geliebt, er war ein Sommertyp gewesen, bekam nie genug davon, draußen zu sein. Emily hatte nur einmal erlebt, dass er sich einen Sonnenbrand zugezogen hatte, damals, bei ihrer Hochzeitsreise nach Bali.

Wenn er sich einen Tag für seine Beerdigung hätte aussuchen können, dann wäre es einer wie dieser gewesen. Vermutlich würde er auch über die Tatsache grinsen, dass die Trauergäste in ihrer schwarzen Kleidung schwitzten, während seine Urne in die kühle Erde hinabgelassen wurde.

Der Gedanke tröstete Emily ein klein wenig und sie musste kurz lächeln. Ihre Mutter drückte tröstend ihre Hand. Sie hatte Lea auf dem Arm und stand neben ihr. Julia war nicht zur Beerdigung gekommen, die Polizei hatte sie wegen der Vorfälle auf ihrer Hochzeit verhaftet. Was genau passiert war, hatte Emily noch nicht in Erfahrung bringen können. Darum würde sie sich die nächsten Tage kümmern.

Emilys Verletzungen waren größtenteils verheilt, nur der Kieferbruch bereitete ihr noch Probleme und trotz der Titanschienen, die die Ärzte ihr eingesetzt hatten, konnte sie noch immer keine feste Nahrung zu sich nehmen. Die Schäden, die ihrer Seele zugefügt worden waren, würden hingegen vermutlich niemals verheilen. Sie hatte ihren Mann verloren, ihren besten Freund. Ihre Tochter und sie waren traumatisiert von der Gefangenschaft und den Misshandlungen, und Emily hatte einen Menschen töten müssen, um ihr eigenes Leben und das ihrer Tochter zu schützen. Aus Notwehr, ja, aber sie hatte Schuld auf sich geladen.

Der Pfarrer hatte seine Grabrede beendet und nickte Emily aufmunternd zu. Sie löste sich von ihrer Mutter und trat an das Grab. Thorstens Eltern hatten kleine Sträuße besorgt, die die Gäste hineinwerfen konnten, doch Emily hatte etwas Persönlicheres mitgebracht. Sie hatte ihr Hochzeitsfoto aufgerollt und mit einer weißen Schleife zusammengebunden.

Auf dem Bild trugen beide legere Kleidung, Emily einen knallgrünen kurzen Rock, ein blaues Oberteil und Flipflops, Thorsten eine abgeschnittene Jeans und ein T-Shirt von seiner Lieblingsband, den *Foo Fighters*. Sie hatten sich damals für eine standesamtliche Trauung ohne viele Gäste oder Feier entschieden und es nie bereut.

Das Versprechen, das sie sich gegeben hatten, war ein Ding zwischen ihnen. Sie mussten niemandem beweisen, wie sehr sie sich liebten.

Emily warf das Foto in das ausgehobene Loch. Es landete auf dem Deckel der Urne, die Schleife löste sich und es rollte sich auf. Sie wandte ihren Blick ab. Thorstens Kollegin Larissa stand direkt neben ihr und sah beschämt zu Boden. Emily legte ihr die Hand auf die Schulter.

Sie bereute, dass sie den beiden nicht geglaubt hatte. Die Polizei hatte Bilder von Larissa und Thorsten auf Benjamins Computer gefunden. Genau wie Thorsten ihr immer versichert hatte, war das Foto von ihm und seiner Kollegin eine Fälschung. Benjamin war der anonyme Absender gewesen und sie war auf seinen Trick hereingefallen und hatte Thorsten postwendend vor die Tür gesetzt.

»Es tut mir leid«, flüsterte sie. »Es tut mir so unendlich leid, dass ich euch nicht zugehört habe.«

Larissa schüttelte den Kopf, dann umarmte sie Emily. »Ich weiß nicht, was ich sagen könnte, um es leichter für dich zu machen.« Ihre Stimme war tränenerstickt.

Eine innere Wut packte Emily. Benjamin hatte Leid über so viele Menschen gebracht.

Jannes kämpfte noch mit seinen Verletzungen. Er würde vermutlich auf dem rechten Auge nie wieder richtig sehen können. Seine Erinnerung an den Abend war größtenteils zurückgekehrt. Er hatte gesehen, wie Benjamin Lea und sie zu seinem Wagen brachte. Aufgrund ihrer Unterhaltung am Vormittag war er misstrauisch geworden und hatte sofort bei der Polizei angerufen. Dort war sein Anruf jedoch nicht ernstgenommen worden, immerhin hatte Jannes keine eindeutigen Hinweise darauf, dass Emily nicht freiwillig eingestiegen war. Also war er ihnen mit dem Rad gefolgt, um zu sehen, ob alles mit rechten Dingen zuging, was ihm zum Verhängnis geworden war. Dennoch, so hatte er ihr beteuert, würde er es immer wieder tun.

Benjamin hatte außerdem Emilys Nachbarin umgebracht. Sylvia Grandt war tot in ihrer Diele aufgefunden worden und die Ermittler hatten überall in ihrer Wohnung Spuren von Benjamin gefunden. Warum sie sterben musste, würde nie geklärt werden können, denn Benjamin konnte dazu keine Aussage mehr machen. Nicht zuletzt hatte er am Sonntag Chris vor ein Auto gestoßen, sodass dieser den Rest seines Lebens im Rollstuhl verbringen musste. Ohne Rücksicht hatte Benjamin alles und jeden aus dem Weg geräumt, der sich in seinen Augen zwischen ihn und Emily stellen könnte.

Emily schämte sich für den Gedanken, doch dafür hatte Benjamin den Tod verdient. Sollte er in der Hölle schmoren.

Nachtrag

Interessiert Sie, was es mit Julias Hochzeit auf sich hat und warum sie verhaftet wurde? Dann schauen Sie in Daniela Arnolds »Zornesblut« rein.

Wofür braucht Chris dringend das Geld und was hat er mit dem Anschlag in Berlin zu tun? Mehr darüber erfahren Sie in »Feuerblut« von André Milewski.

Zuguterletzt wollen Sie sicher wissen, wer der wortkarge Typ mit dem zerschrammten Gesicht ist und welche Schlagzeilen Dr. Hambacher macht. Martin Krist erzählt Ihnen dazu alles in »Höllenblut«.

Eine Bitte

Liebe Leserinnen und Leser,

ich bedanke mich bei Ihnen dafür, dass Sie mein Buch gekauft und gelesen haben. Natürlich hoffe ich, dass es Ihnen gefallen hat. Sollte dies nicht der Fall sein, freue ich mich über Ihre Rückmeldung, denn nur durch Kritik können sich Autorinnen und Autoren weiterentwickeln und erkennen, was sie falsch gemacht haben.

Ebenso wichtig wie die ehrlichen Rückmeldungen der Leserinnen und Leser sind die Bewertungen auf den Verkaufsportalen. Sie sind Anreiz für die Kaufentscheidung vieler Menschen. Leider gibt es dort immer weniger Rückmeldungen von den Leserinnen und Lesern. Woran das liegt, kann ich nur mutmaßen. Ich weiß lediglich, dass es beinahe allen Autorinnen und Autoren so geht. Vielleicht glauben viele Leserinnen und Leser, dass ihre Meinung nicht von Interesse wäre oder nicht wichtig oder sie glauben, sie hätten nicht genug zu dem Buch zu sagen.

Das stimmt allerdings nicht. Auch eine kurze Bewertung, in der Sie ausdrücken, warum Ihnen das Buch gefallen hat (oder eben nicht), reicht aus, um anderen Leserinnen und Lesern die Kaufentscheidung zu erleichtern und außerdem dem Autor oder der Autorin eine Freude zu machen.

Denn nur für Sie schreiben wir, für die Leserinnen und Leser. Sie können mir glauben, dass ich mir jede einzelne Rezension durchlese und mich darüber freue.

Selbst wenn sie nicht so positiv ausfällt, wie man es sich erhofft, kann man doch meist daraus etwas lernen.

Ich würde Sie also bitten, sich doch die Zeit zu nehmen, kurz auf das Verkaufsportal zu gehen, auf dem Sie mein Buch erworben haben, und mir ein oder zwei Sätze zu meinem Buch zu schreiben. Denn mehr muss es gar nicht sein. Sie müssen keinen Roman verfassen, um Ihre Meinung auszudrücken, Sie müssen auch nicht den Inhalt nacherzählen oder sich etwas aus den Fingern saugen. Sagen Sie einfach kurz, ob es Ihnen gefallen hat und ob Sie mein Buch weiterempfehlen würden. Das genügt schon, wenn Ihnen nicht mehr einfallen sollte. Gerne erfahre ich aber auch, was genau Ihnen gefallen oder nicht gefallen hat, doch das liegt bei Ihnen.

Vielen Dank für Ihre Zeit.

Danksagung

Vielen Dank, liebe Leserinnen und Leser, dass Sie sich für dieses Buch entschieden haben. Nach den letzten beiden Fällen haben sich Fabian und Thomas (und auch Helga) eine Pause verdient. Ich hoffe, ich konnte Sie währenddessen gut unterhalten. Keine Sorge, mit der Prior-Reihe geht es auf jeden Fall weiter, schon sehr bald sogar :)

Sollte Sie noch Fragen an mich oder Anmerkungen zum Buch haben, schreiben Sie mir gerne eine Mail, besuchen Sie mich auf meiner Homepage oder folgen Sie mir auf Facebook (es gibt dort immer mal wieder kleinere oder größere Gewinnspiele, melden Sie sich einfach in der Mailingliste an, wenn Sie nichts mehr verpassen wollen):

melisa.schwermer@gmail.com
www.melisa-schwermer.de
www.melisa-schwermer.de/media/newsletter/
https://www.facebook.com/melisa.schwermer

Ich bin immer bemüht, so schnell und ausführlich wie irgendwie möglich zu antworten, auch wenn es manchmal einige Tage dauern kann. Außerdem können Sie mir auf meiner Autorenseite auf Amazon folgen, dann verpassen Sie keine Neuerscheinung. Dafür klicken Sie einfach hier.

Bedanken möchte ich mich dieses Mal an erster Stelle bei meinen Kolleg*innen Daniela Arnold, Martin Krist und André Milewski. Die Zusammenarbeit mit euch war professionell und absolut angenehm. Der Austausch hat Spaß gemacht und ich freue mich auf die gemeinsamen Termine mit euch. Auf dass wir noch weitere »SEQUENCES« zusammen angehen.

Simona Turini, meine Lektorin hat mir außerdem mit hilfreichen Tipps bei der Planung des Buches geholfen und der Story den letzten Schliff verliehen. Dieses Mal fiel mir nicht mal das Ende so schwer wie sonst ;) Vielen Dank dafür!

Meine Korrektorinnen Sandra Bethke und Jasmin Krieger haben sich wie immer um die letzten winzigen Ungereimtheiten die lästigen Tippfehler gekümmert (meine Protagonisten ziehen immer sehr gerne die Schule aus). Danke für eure großartige Arbeit.

Liebe Mika, meine Unsicherheit war dieses Mal bei der Ich-Perspektive besonders groß. Du hast mich angetrieben, weiterzumachen und mir so viel positives (und auch mal negatives) Feedback gegeben, dass das Buch durch dich um einiges besser geworden ist. Dafür kann ich dir nicht genug danken.

Wie immer an dieser Stelle geht der letzte Dank an meinen Lebensgefährten Stefan. Dieses Jahr machen wir die 13 voll. Das ist der Wahnsinn, oder nicht? Danke, dass du immer an meiner Seite bist.

Bis zum nächsten Mal
Ihre Melisa Schwermer

So bitter die Schuld (Prior 1)

Fabian Priors erster Fall

Bestseller Kindle-Charts Platz 1 und
BILD-Bestseller Rang 2!

»Der Körper unter ihr regte sich nicht. Stattdessen gab er nach. Da, wo eigentlich Rippen den Brustkorb stärken sollten, war nichts als eine weiche Masse unter ihrer Hand zu spüren.«

Als Josi erkennt, wer die bis zur Unkenntlichkeit entstellte Leiche ist, reißt es ihr den Boden unter den Füßen weg. Dieser Tote ist ihr bester Freund Dirk. Was hat ein geheimnisvoller Brief mit dessen Tod zu tun? Die Erklärung reicht zurück bis in Josis Vergangenheit im Kinderheim. Wenn Josi dieser nicht auf die Spur kommt, werden noch mehr Menschen sterben.

So dunkel die Angst (Prior 2)

Fabian hob die Taschenlampe. Auf einem Stuhl an der linken Wand kauerte eine Person. »Keine Bewegung«, rief er und richtete den Lichtstrahl auf ein blutverschmiertes Gesicht.

Ein mysteriöser Entführungsfall stellt Fabian Prior und Thomas Wendtner vor ein Rätsel. Von einem angeblichen Kinobesuch mit Freunden kehrte die sechzehnjährige Sophie nicht wieder nach Hause zurück. Jahre später steht sie plötzlich völlig verwahrlost vor der Tür ihrer Eltern. Offensichtlich konnte sie ihrem Peiniger nur knapp entkommen. Doch etwas scheint an ihrer Geschichte nicht zu stimmen. Was verschweigt sie den Ermittlern? Je intensiver sich Fabian und Thomas mit dem Fall beschäftigen, desto tiefer erscheinen die Abgründe vor ihnen.

So kalt der Zorn (Prior 3)

*Ein brutaler Mord im Rotlichtmilieu, ein grausamer Entführungsfall und eine schwangere Frau in den Händen eines Psychopa*then.

In einer regnerischen Novembernacht wird in einem Frankfurter Park ein Mann brutal erschlagen. Die Ermittlungen führen Fabian Prior und Thomas Wendtner schnell ins Rotlichtmilieu. Während sie nach der mysteriösen Frau suchen, die den Toten zuletzt gesehen hat, wird der Ehemann der hochschwangeren Rebecca aus der gemeinsamen Wohnung entführt. Nur kurz darauf erhält sie verstörende Nachrichten von dem Täter mit Bildern ihres gefesselten Ehemanns. Als Prior und Wendtner dem Täter gefährlich nahe kommen, verschwindet auch Rebecca.

So tödlich die Stille (Prior 4)

Wenn dein Zuhause die Hölle ist, gibt es kein Entkommen ...

Es ist ein trüber Februarmorgen, als die Polizei in Frankfurt einen anonymen Anruf erhält. Am Ufer des Mains wurde die Leiche eines Kindes angespült. Der ertrunkene Junge trägt nichts als einen Schlafanzug am Leib. Bei der Obduktion offenbart der Leichnam ein schreckliches Geheimnis, das selbst den erfahrenen Gerichtsmediziner schockiert. Die Ermittler der Kripo stehen vor einem Rätsel. Warum hat niemand das Kind als vermisst gemeldet und wer ist die anonyme Anruferin? Während Fabian Prior und Thomas Wendtner fieberhaft ermitteln, ahnt am anderen Ende der Stadt eine Familie nicht, dass sie längst ins Visier des Täters geraten ist.

So einsam der Tod (Prior 5)

Dieser Albtraum endet tödlich – und du bist ganz allein!

In einem Waldstück in der Nähe von Frankfurt wird die entsetzlich zugerichtete Leiche einer jungen Frau gefunden. Der Mörder hat ihr den Schädel zertrümmert und sie anschließend erwürgt. Von ihrer Freundin Alina, mit der sie die Nacht zuvor in einem Frankfurter Club gefeiert hat, fehlt jede Spur.

Hauptkommissar Fabian Prior und sein Team übernehmen die Ermittlungen und decken ein tödliches Geheimnis auf, das selbst die erfahrenen Beamten schockiert. Während die Ermittler dem skrupellosen Täter immer näherkommen, erlebt Alina einen Albtraum, aus dem es kein Entkommen gibt. Ihr Entführer spielt ein grausames Spiel, das mit ihrem Tod enden soll. Wird Fabian Prior es schaffen, Alina lebend aus den Fängen des Psychopathen zu befreien?